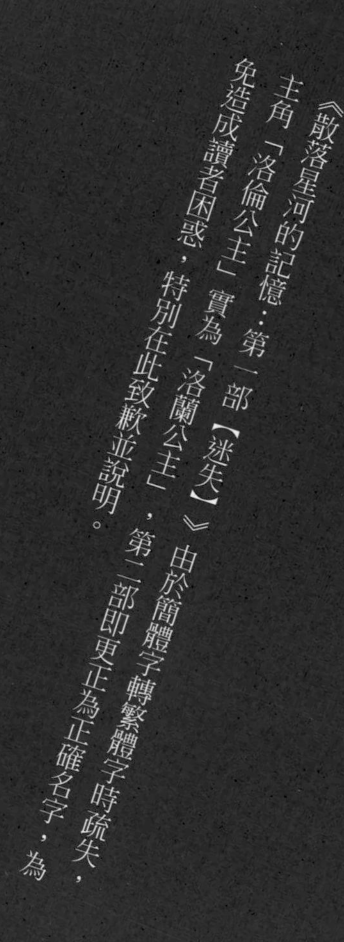

【致歉】

《散落星河的記憶：第一部【迷失】》由於簡體字轉繁體字時疏失，主角「洛倫公主」實為「洛蘭公主」，第二部即更正為正確名字，為免造成讀者困惑，特別在此致歉並說明。

風從哪裡來
吹啊吹
吹落了花兒，吹散了等待
滄海都化作了青苔
……

風從哪裡來
吹啊吹
吹滅了星光，吹散了未來
山川都化作了無奈
……

散落星河的記憶

第二部 竊夢（上）

桐華 著

目錄

Chapter 1 今夕何夕

陽光穿過他身後的大樹，從茂密的枝葉間斜斜灑落在他身上，將他籠罩在一片柔和的薄光中。整個人清爽乾淨得就像綠葉上的一顆露珠，還沒有沾染人世間的絲毫塵埃。

冒險家樂園、中央監控室。

幾百塊監控螢幕上，人物圖像不停變換，卻始終沒有找到洛蘭和葉玠。

辰砂問：「為什麼不能自動識別、鎖定追蹤？」

「有病毒。」紫宴盯著螢幕上飛速跳轉的程式代碼，十指運轉如飛，敲打鍵盤。

「什麼時候能恢復？」

「最快也要一個小時。」

一位工作人員突然興奮地叫：「找到了。」

辰砂立即走過去。一個機器人出現在螢幕上，它打開傳輸艙，裡面空無一人。它的機械臂伸長，從座位底下夾出兩個個人終端機。

紅寶石手鐲樣子的個人終端機是洛蘭的，另一個應該是葉玠的。

眾人心裡一沉，肯定是出事了！

辰砂的臉色越發冷峻，紫宴敲打鍵盤的速度更快。

一個女工作人員說：「他們第一站是九幽天坑，後面沒有辦法再追蹤到。假設他們一直在一起，那就是一直有兩個傳輸艙同時離開、同時到達。根據傳輸艙的紀錄，這是他們最有可能去的四個生態圈——九幽天坑、波羅波帝海、掿亞山、天目大峽谷。」

辰砂問：「能再縮小範圍嗎？」

女工作人員抱歉地說：「在中央智腦蒐集到更多資訊前，只能一個一個找。」

辰砂對紫宴說：「我去找，你這邊一有消息就立刻通知我。」

辰砂剛離開，執政官大步流星地走了進來。

雖然執政官一貫是沒有任何表情的面具臉，看不出和往常有什麼不一樣，可遊樂園的負責人卻覺得心驚肉跳，流著冷汗把事件的大概經過講了一遍。

執政官拿起洛蘭的個人終端機檢查，發現沒有任何損傷，應該不是強行摘除。

「有沒有可能公主已經離開遊樂園？」

紫宴說：「不可能。辰砂發現後立即下令啟動緊急應變程式，封閉了所有出入口，洛蘭肯定還在裡面。」

女工作人員指著螢幕說：「這是我統計出的他們最有可能去的四個生態圈，指揮官夫人和葉玠王子是兄妹，兩個人一起失蹤，也許可以詢問一下邵茄公主，看這四個生態圈裡哪個最有可能……」

執政官抬手，示意她閉嘴。

中央智腦室裡陷入了窒息般的寂靜，只有紫宴敲擊鍵盤的聲音，劈劈啪啪地響著。

執政官瀏覽完四個生態圈的介紹，看向監控螢幕，辰砂正在帶兵搜索。

「其他生態圈。」

工作人員立即把剩下的六十個生態圈的資料調出，執政官的視線一行行往下掃，一邊看，一邊排除。

最後，螢幕上只剩兩個生態圈的資料——阿麗卡塔星依拉爾山脈模擬生態圈、大雙子星岩林模擬生態圈。

紫宴百忙之中抬頭瞟了一眼，立即明白執政官為什麼會保留這兩個地方——那都和千旭有關，都對洛蘭有特殊意義。

執政官下令：「監控！」

上百個子監控螢幕切換成依拉爾山脈生態圈和岩林生態圈的即時監控。

一切平靜正常，沒有任何異狀。

執政官盯著兩個生態圈的監控影片，問：「每個生態圈的智腦是獨立的嗎？」

「為了確保安全，每個生態圈都有獨立的子智腦，受中央智腦監控，如果有任何異常，中央智腦會示警。」

執政官下令：「紫宴，檢測這兩個生態圈的子智腦。」

紫宴頭都沒抬，依舊專注地工作，「在洛蘭心中，依拉爾山脈和岩林都有特殊意義，可她和葉玠王子一起失蹤，應該是因為她在阿爾帝國的經歷……」

「檢測！」執政官打斷紫宴的話。

紫宴抬頭看向執政官。

執政官沒有溫度地說：「我不是和你商量，是命令。」

「是！」紫宴終止手頭的工作，冷著臉說：「只能一個個檢測，依拉爾山脈和岩林，先檢測哪個？我必須提醒閣下，時間每浪費一分鐘，洛蘭死亡的可能性就會增加一分。」

執政官閉上了眼睛，一會兒後，他睜開眼睛冷冷地說：「岩林。」

紫宴開始檢測岩林的子智腦。

隨著螢幕上密密麻麻的程式代碼不斷變換，紫宴的臉色越來越難看，竟然所有監控都被屏蔽了，他們看到的是前一天的監控影片。

他快速地敲擊鍵盤，上百塊監控螢幕一塊接一塊變黑，直到最後全部黑掉。

「重啟！」紫宴敲擊確認鍵，「成功！」

可是，上百塊螢幕閃爍著一片黑蒙蒙的光芒，依舊什麼都看不清。

紫宴鬱悶地說：「不可能，明明修好了。」

執政官一言不發，一眨眼消失不見。

紫宴突然反應過來，下令智腦把螢幕上的圖像放大，這才發現不是因為故障才黑茫茫地看不清，而是漫天都被風沙遮蔽，讓影像黑茫茫一片。

紫宴大驚失色，立即向外衝，可衝到門口，又停住腳步，轉身回來。

他坐在龐大的操控臺前，一邊運指如飛，繼續檢查修復程式，一邊通知辰砂：「有人激發了岩林的神級難度，洛蘭應該在裡面，執政官已經趕過去了。」

＊　＊　＊

六天後，醫院病房。

洛蘭覺得自己做了一個很漫長的夢。

夢裡，她置身狂風呼嘯、漆黑一片的荒野，很像是這些年來她不斷會做的夢——獨自一人艱難地跋涉在荒無人煙的曠野上，一直不停地走，可總也走不到盡頭。

最可怕的不是疲憊，而是四周一個人都沒有，就好像她被全世界遺棄了。

但是，這次不一樣，她不是自己在跋涉，而是有人抱著她、迎著狂風走。

那人像是呵護一粒珍珠般用溫暖的柔軟把她深藏在懷裡，把所有風沙都抵擋在堅硬的蚌殼外。

洛蘭全身痛得似乎身體被巨石碾壓成一塊塊碎片，可因為有人陪伴，痛苦變得可以忍受。

是誰？誰和她一起跋涉在黑暗中？

她想說話，卻發不出聲音；想看他一眼，卻完全睜不開眼睛。

她的手哆哆嗦嗦地摸索，好像摸到什麼，莫名地安心了。

縱然身似浮萍、命如蜉蝣，但十多年的生命並不是一片蒼白。

千旭、千旭……

「千旭！」

洛蘭猛地睜開眼睛，眼前卻依舊一片黑暗，什麼都看不到。

她驚慌地伸手去抓，抓到了一隻手。

辰砂安撫地反握住她的手，「妳的護目鏡被石頭擊碎，傷到了眼睛，暫時看不見。」
洛蘭怔怔地想，果然是在做夢嗎？可是，指尖的感覺太真實了！
辰砂說：「別擔心，楚墨已經幫妳修復，很快就能恢復。」
「我不擔心。」洛蘭仰著頭問：「辰砂，我可以摸摸你的脖子嗎？」
辰砂愣住了。
洛蘭急切地央求：「我只摸一下，你就當是醫生檢查身體。」
辰砂沉默地握著洛蘭的手，放到自己的脖子上。
洛蘭聚精會神，從下巴一直仔細地摸到鎖骨。
她曾在那個像墓地一樣的地穴內，仔細地撫摸過千旭的脖子。
對一個解剖過無數屍體、熟悉人類骨骼和身體構造的醫生而言，她的手指記得他的脖子，就像她的眼睛記得他的臉一樣，能在千萬人中認出他。
夢境裡，她摸到抱著她的人的脖子，知道了是千旭，才心心念念想要睜開眼睛。
可是，現在指尖的感覺清楚地告訴她：不是，絕對不是！
洛蘭神情黯然地收回手；那麼真實的觸感，果然只能是一個夢。
辰砂定了定神，問：「洛蘭，妳和葉玠究竟怎麼回事？」
洛蘭不答反問：「葉玠還活著嗎？」
「還活著。人在他們自己的飛船上，由阿爾帝國的醫生治療，聽說傷得很重。」
洛蘭慢吞吞地說：「不是你告訴我有怨報怨、想打就打嗎？我和葉玠以前有過節，現在體能好了，想報復回去。我們找了個沒人打擾的地方打架，他殺死一隻岩風獸，莫名其妙就刮起風暴。」

「什麼過節？」

洛蘭摸索到被子，拽起來蓋住頭，「還能有什麼過節？不就是他強我弱，被他欺負嘛。」

「妳……」

辰砂剛開口，洛蘭立即蠻橫地打斷他：「解釋時間結束！」

她累了，有點破罐子破摔的心態。隨便他們去猜測吧，大不了就是發現真相。

辰砂說：「我是想說妳好好休息，執政官已經下令不再追究。」

洛蘭做挺屍狀，蒙著被子不吭聲。

「這次救妳出來的人是執政官。」

洛蘭猛地掀開被子，急得聲音都變了：「不是你？為什麼不是你？我以為是你。」

「我被妳的小花招騙到其他生態圈去了，趕到岩林時，執政官已經把妳救了出來。」辰砂安撫地揉揉洛蘭的頭，「我知道妳討厭執政官，不過這次的確是他救了妳。」

洛蘭默默地拉起被子，連頭帶臉都蓋住。

聽說洛蘭醒了，封林和紫宴一起來看她。

封林想著，如果執政官再晚到一步，洛蘭肯定就變成屍體了，十分惱火，劈里啪啦一通罵：

「妳的基因被草履蟲侵襲了嗎？最近去檢測過智商嗎？過六十了嗎？大腦裡長腫瘤了吧……」

洛蘭默默聽訓，一聲不吭。

紫宴突然插嘴問：「妳知道激發神級難度的方法？」

洛蘭立即一口否認：「當然不知道！只是巧合。就算我討厭葉玠，想教訓他一頓，也不至於要把自己搭進去。」

封林對紫宴不耐煩地擺擺手，「別整天疑神疑鬼的，這事知道的人有限，我們都沒告訴洛蘭，她哪裡會知道？」

洛蘭不知想到了什麼，睜著沒有焦距的眼睛，無意識地搓揉自己的手指，看上去像是一個碰到了大難題、不知該怎麼辦的孩子，一臉茫然無措。

封林擔心地問：「洛蘭，妳沒事吧？」

洛蘭回過神來，「千旭名字的事，妳查了嗎？」

「查了。不過，這事我也不擅長，拜託紫宴查的。千旭沒有用過其他名字，在孤兒院的檔案庫裡有他的紀錄，宿舍的檔案資料也沒有遺漏，只不過應該用千旭在孤兒院的證件號碼查詢，幫妳查詢資料的老師不夠負責，妳又是叫義工小姑娘去問的，她沒有盡力，隨便查一下就回覆妳，讓妳虛驚一場。」封林在個人終端機的虛擬螢幕上調出文件，「傳到妳的信箱了，眼睛好後再慢慢看。」

「謝謝。」

封林看洛蘭一直神情恍惚，以為她還沒有從驚嚇中回過神來，「我們走了。妳好好休息，有事隨時聯繫我。」

「謝謝你們來看我。」

紫宴還想說什麼，可看洛蘭臉色蒼白，肌膚上仍有細密的網狀傷痕，便把到嘴邊的疑問又都吞了回去。

＊　＊　＊

洛蘭一個人躺在病床上，不受控制地胡思亂想著。

是千旭告訴她如何激發神級難度。

當年兩人在遊樂園玩時，一個隨口問了，一個隨口答了，都沒當回事。畢竟那時她是E級體能，超A級體能遙遠得像是另一個世界的事。

可是，剛才封林說知道這事的人很少，紫宴也沒有反駁。

顯然，在封林和紫宴的認知裡，千旭不可能知道這事，否則，他們肯定會推測出她知道如何激發神級難度。

千旭只是一個普通的軍人，為什麼會知道這種機密的事？

孤兒院的宿舍檔案裡沒有千旭的紀錄，也就是從沒有「千旭」這個人在孤兒院住過。

有沒有可能……

洛蘭覺得自己的心跳得很急，似乎在隱隱地期待什麼。

她打開封林寄給她的郵件，叫智腦讀給她聽。

千旭在孤兒院長大，憑藉優異的成績考入軍校。軍校畢業後，因為體能優異，進入星際戰艦服役，成為特種戰鬥兵。

本來前程一片光明，卻突然生病，退役轉文職，進入基地工作。

紫宴不愧是專業間諜，蒐集的資料非常詳細，每段經歷都有據可查，甚至註明了消息來自哪個部門，由誰提供，查訪過的證人是誰。

而且，這不是紫宴第一次調查千旭。

十一年前，當紫宴發現她認識千旭時，就調查過千旭，查看過千旭在孤兒院的檔案，只不過調查更側重他考上軍校後的經歷，對孤兒院的童年和少年經歷沒有那麼詳細，也就沒有調查他住過的宿舍。

十一年後，因為她詢問千旭是否有其他名字，紫宴又把千旭從頭到尾徹查了一番，這次連每年住的宿舍都查了一遍。

洛蘭大睜著雙眼，表情怔怔愣愣。

紫宴調查過的事，應該不會有錯。

千旭的人生軌跡很完整，沒有任何遺漏。也許他無意中聽到高層將領的交談，知道了觸發神級難度的事。

宿舍檔案的事件完全就是一個烏龍，那個義工導覽員還沒有成年，做事熱情有餘、經驗不足，出點差錯很正常。

洛蘭突然狠狠甩了自己一巴掌，含著淚呵呵地笑起來。

第一次發現自己的想像力好恐怖，明明知道千旭已經死了，卻因為一個夢，像個瘋子一樣不切實際地胡思亂想。

＊
＊
＊

幾天後，洛蘭的眼睛開始能模模糊糊看到東西，但變得很畏光，需要戴上特殊的眼鏡遮光。

邵茄公主來看她，不滿地抱怨奧丁聯邦竟然以事件還沒調查清楚為由，阻止他們的飛船離開。

邵茄氣惱地說：「妳和葉玠被遊樂園傷成這樣，我還沒找他們麻煩，他們倒惡人先告狀。」

洛蘭旁敲側擊地問：「葉玠這次傷得挺重，醫生的醫術怎麼樣？」

「父皇指派給我的醫生，醫術絕對一流。」

看來葉玠應該是真的葉玠，否則，受了這麼重的傷，需要修補殘缺的器官，如果是假的，一查基因就露餡了。

「葉玠恢復得怎麼樣？」

「傷已經全好了，但人變得很古怪，一天到晚陰沉著臉，一句話都不說，我看他這次是真被嚇著了。」邵茄說著說著又生氣了，「什麼破遊樂園嘛！這種鬼地方竟然也有人喜歡，我們完全是被騙了。現在還不允許我們離開，太過分了！」

洛蘭溫柔地勸解：「姊姊就當是再陪我幾天吧！」

「不是我不想陪妳，實在是……那個執政官，還有辰砂、紫宴，他們都太可怕了。」

邵茄想起洛蘭和葉玠失蹤後他們看她的眼神，仍舊心有餘悸。

她憐憫地說：「妳這些年的日子一定過得很苦吧！真是一幫禽獸，為了研究結果，竟然把妳折磨成A級體能者。」

洛蘭哭笑不得，邵茄真是太會編劇了，已經把她想像成落難的公主，整天被魔王折磨鞭笞著鍛鍊身體、配合研究。

「洛蘭，父皇也有關注妳救那個孩子的事。這群異種太不識好歹了！父皇說他當年被逼無奈，一直愧疚不安，妳要是想和那個異種離婚，父皇全力支持。」邵菡握住洛蘭的手，眼淚汪汪地說：「我們都歡迎妳回家，等妳回到阿爾帝國，姊姊幫妳介紹好男人，比那個異種……」

洛蘭覺得手上像是黏了一條噁心的鼻涕蟲，竟然沒忍住一下子甩開了邵菡，「我的丈夫叫辰砂，不叫那個、這個。」

邵菡震驚地看著洛蘭，表情變了幾變，擠出笑還想繼續遊說：「洛蘭……」

「叮咚」一聲，病房門打開，辰砂和紫宴一前一後走進來，紫宴笑瞇瞇地說：「洛蘭，楚墨說妳可以出院了。」

洛蘭有一種「娘家人說婆家人壞話，被當場抓住」的尷尬窘迫，都不好意思正眼看辰砂。

邵菡卻對超A級體能者的異能還不夠瞭解，完全沒想到自己剛才說的話已經被聽去了。她笑容滿面、溫和親切地說：「公爵來得正好，我正和洛蘭商量，邀請她回阿爾玩幾天。」

辰砂像是沒有聽見一樣，徑直走到洛蘭身旁，把一頂帽簷很大的遮陽帽扣到她頭上，牽起她的手就往外走。

邵菡叫：「洛蘭！」

紫宴風度翩翩地攔住她：「公主，我送您回去。」

上了飛車，辰砂問：「妳想回阿爾帝國嗎？」

「不想！」洛蘭脫口而出後，才覺得身為阿爾帝國的公主，這種反應很不對。她訕訕地說：「那是邵菡的一個托詞，之前她在說什麼，你又不是沒聽到。」

辰砂說：「不用管她想什麼，關鍵是妳想不想回去。如果妳想回去看看，我來安排。」

十多年時間，不聞不問，現在卻態度迥異，還想煽動她離婚，她為真正的洛蘭公主悲哀。

「我的親人們看重的可不是我的基因，而是你們的基因。我是基因修復師，還是熟悉異種的基因修復師，等我回去了才方便他們獲取想要的東西，你不擔心嗎？」

「妳會答應他們嗎？」辰砂專注地看著她，一雙眼睛燦如寒星。

洛蘭搖搖頭，「絕對不會！」

辰砂的唇角微微揚起，又一次笑了。本來猶如皚皚雪山般冷峻的眉眼剎那柔和起來，就好像風雪初霽，陽光突然穿破厚厚的雲層照了下來。

洛蘭本來還想開玩笑地問一句「你相信嗎」，現在卻再也問不出來。毫無疑問，他相信她。可是，這種信任讓她害怕畏懼，因為欺騙最後傷害毀滅的就是這種信任。

辰砂看洛蘭心事重重、一言不發，邊駕駛飛車疾馳邊說：「趕緊做決定，在我後悔前。」

「什麼決定？」

「要不要回阿爾帝國？」

洛蘭推托：「就算你同意，別人也不會同意。」

「我會處理。」

洛蘭客氣：「太麻煩你了。」

「不麻煩。」

「可是……可是……」洛蘭結結巴巴，拚命想藉口。

辰砂替她說了：「可是妳就是不想回去。」

洛蘭一咬牙，承認了：「我不想回去。」

辰砂問：「妳在阿爾帝國的記憶很不愉快？」

洛蘭苦笑著說：「何止是很不愉快？」做為一個死刑犯，她在阿爾帝國的記憶讓她每次想起都會聞到死亡的味道。

辰砂沉默了一會兒，看著前方，輕聲說：「永遠留在奧丁吧！」

洛蘭驚訝地看著辰砂。

辰砂側頭看了她一眼，「現在奧丁才是妳的家，不想回阿爾就不回去了。」

洛蘭心中滋味複雜。她也想以奧丁為家，永遠留在奧丁，但是，她沒有資格。

* * *

洛蘭的眼睛剛能看清楚文件上的字，就把紫宴調查千旭的文件仔仔細細閱讀了好幾遍。

理智一再告訴自己不要胡思亂想，連狡猾的間諜頭子徹查後都覺得沒問題，肯定就是沒問題了。但是，人像著了魔一樣，總會忍不住反反覆覆地看文件，似乎想要找出什麼遺漏。

大熊按照辰砂給他的指令，看到洛蘭連續用眼超過三十分鐘，就來提醒她休息。

「夫人，請休息。」

「好！」

洛蘭也不想留下後遺症，立即關閉螢幕，決定動手做點吃的，讓自己不要再胡思亂想。

她正專心致志地揉麵團，突然聽到葉玠的聲音：「妳說過只會為妳愛的人做飯。」

洛蘭愣了愣，慢慢地扭過頭，看到葉玠穿著一件白色的襯衣，站在窗戶外。

他一手插在褲袋裡，一手背在身後，靜靜地看著她。

陽光穿過他身後的大樹，從茂密的枝葉間斜斜灑落在他身上，將他籠罩在一片柔和的薄光中。整個人清爽乾淨得就像綠葉上的一顆露珠，還沒有沾染人世間的絲毫塵埃。

洛蘭覺得頭暈目眩，禁不住閉上了眼睛，腦海裡栩栩如生地浮現出一幅畫面——

一個看不清楚臉的男子踩著夕陽走向她，隔著窗戶站定，伸出藏在背後的手，把一束雪白的香水百合遞給她。

「這花可是古基因品種，又貴又嬌氣，下次要送花就去山上摘野花，不用我浪費錢買培養液……」她伸出滿是麵粉的手，拍拍男子的臉。

一圈又一圈的光暈像是漣漪一般蕩開，那張臉漸漸清晰了，竟然是葉玠，英俊的臉上掛著一個滑稽的麵粉掌印，眉梢眼角笑意融融。

洛蘭猛地睜開眼睛，看到葉玠正站在窗戶前，將一束藍色的野花遞給她，「去山上摘的野花，插在清水裡就可以了，不用培養液。」

洛蘭像是看到什麼恐怖的東西，臉色蒼白地往後退了幾步。

葉玠急切地問：「是不是想起了什麼？」

「沒有！」洛蘭已經鎮定下來，斬釘截鐵地說：「我提防你不是理所當然嗎？」

葉玠的眼眸中滿是哀傷，「還是想殺我？」

洛蘭冷冷地說：「你手裡的花叫迷思花，我第一次送給千旭的花就是迷思花。」

葉玠懊惱地看了一眼手裡的花，忽而眉梢輕揚，笑起來，「就算妳當了真，也只是十年的記憶，等妳想起以前幾十年的記憶，就會明白它什麼都不是。」

洛蘭一聲不吭，瞪著葉玠。

葉玠無奈地說：「我們之間有些誤會。我絕不會傷害妳。」

洛蘭譏諷：「誤會？一連誤會了三次可不太容易！」

葉玠拿出那管特殊的注射器，「這是幫妳恢復記憶的藥劑，不是什麼基因病毒。」

恢復記憶？洛蘭不敢相信地愣住了。

「第一次行動，刺殺執政官是假，製造混亂接近妳、讓妳恢復記憶，才是我真正的目的。只要妳恢復了記憶，見到那兩個傭兵，自然會知道該怎麼辦。本來應該很順利的任務，沒想到妳居然是B級體能，不但把一管藥劑浪費了，還和兩個毫不知情的傭兵起衝突，差點害死自己。

「第二次行動，我放棄了盜取奧丁聯邦的研究資料，只想恢復妳的記憶。四個傭兵奉命混進奧丁，伺機行動。我以為無論如何都不會失手，沒想到四個人全死了。」

洛蘭譏嘲地說：「第三次行動，你派了九個A級體能的傭兵來，以為對付一個A級體能和一個B級體能者，肯定萬無一失，沒想到奧丁早有提防，他們落入陷阱，不但全隊覆沒，還被繳獲了藥劑，而我恰好看過藥劑分析報告。」

「我知道。所以我說我們之間有誤會。奧丁設了陷阱釣魚，我配合一下而已。那管藥劑是特意留給他們去分析的，省得他們懷疑到妳。」葉玠凝視著洛蘭，誠懇地說。「恢復記憶的藥劑一共只有三管，這是最後一管了，我派誰都不放心，只能自己來。」

洛蘭很想駁斥他一派胡言，但心裡卻明白他說的都是真話。

無論是那管保存完好的藥劑，還是封林的叛國罪名，都像是一場預先安排好的陰謀。葉玠失去了九個傭兵，卻在七位公爵心中種下毒藥，把他們潛在的對立激化，讓他們誰都不敢相信誰。

當然，最有力的證據是葉玠現在就站在她面前。身為龍血兵團的龍頭，他不可能只為了給一顆棋子注射基因病毒，就以身犯險。

葉玠說：「妳肯定很想知道自己是誰。明明活著，記憶卻一片空白，不知道自己喜歡什麼，也不知道自己討厭什麼；不知道自己的父母是誰，也不知道自己經歷過什麼。不僅僅是被整個世界遺棄，還連自己也遺棄了自己，那種感覺一定很可怕。」

他像是一個誘惑人心的魔鬼，向洛蘭伸出了手，「把妳的手給我。只要恢復記憶，妳所有的疑問都不再會是疑問，所有的痛苦也不再會是痛苦。」

洛蘭的手緊緊地攥成拳頭，抵抗著內心的渴望和衝動。

葉玠柔聲問：「妳難道不想知道自己是誰嗎？不想知道妳的父母、親人、朋友在哪裡嗎？不想知道自己為什麼會變成這樣嗎？」

這世間沒有人會不想知道自己是誰、自己從哪裡來、自己愛的人在哪裡、愛自己的人在哪裡，這是一個人的根，是生命的源頭。但是，洛蘭隱隱地感覺到，那個過去的自己和現在的自己截然不同，她害怕過去的自己會吞噬掉現在的自己。現在十幾年的記憶會被那遺忘掉的幾十年的記憶嘲笑、否認，甚至抹殺。

葉玠懇切地說：「別怕！妳知道我絕不會傷害妳，恢復了記憶才能找回真實完整的自己……」

洛蘭猛地從一排刀具中抽出一把飛擲過去，利刃如流光疾掠，刺向葉玠。來自魔鬼的誘惑終於被打破。

葉玠抓住刀柄，難以置信地看著洛蘭：「為什麼不肯恢復記憶？」

洛蘭雙手各握一把刀，擺出進攻姿勢，「你想再次生死相搏嗎？我沒能力殺你，可辰砂能。」

葉玠盯著洛蘭看了一會兒，把刀甩回廚房刀具架上，又把精心束好的藍色迷思花放到窗臺上。

「妳只有兩個選擇，跟我離開，或者，取我性命。我等妳來找我。」

他踩著斜陽花影，漸漸遠去。

洛蘭恍恍惚惚間，似乎聽到有人在耳邊親昵地笑語：「只許做飯給我吃。」

是葉玠的聲音，那些零碎記憶中的溫暖聲音竟然是葉玠的！洛蘭痛苦地捂住了耳朵。

＊　＊　＊

晚上，辰砂下班回來，看到飯廳裡能坐十二個人的長桌上擺滿各式菜餚。

「有客人？」

洛蘭尷尬地笑：「一不小心做多了……要不分給大家吃？」

「大家？」

洛蘭看著一桌子足夠十來個人吃的菜，很用力地點頭：「嗯，大家！」

她掰著手指頭算：「封林、安娜、楚墨、紫宴、棕離、左丘白、百里藍，再加上我和你、清越、清初……」看人數還是不夠，又加了兩個人，「安達、執政官。」

執政官？辰砂真的驚訝了。自從千旭死後，洛蘭對執政官深惡痛絕，現在竟然願意把執政官算在「大家」裡面，反常得簡直像是受到什麼刺激。

他下意識地覺得應該和下午來過的葉玠有關，但洛蘭顯然不願意說，他就沒有再多問，幫她把飯菜分給「大家」。

「封林喜歡吃酸甜味的，這道菜給她吧！」

「百里藍喜歡吃什麼？」

……

辰砂拿著冬瓜八寶盅，問：「這道菜給誰？」

那是千旭愛吃的，洛蘭失神間順口說：「執政官。」

辰砂沒有多想，乾脆利落地把冬瓜八寶盅放進保鮮盒。

洛蘭竟然鬼使神差地又放了一碟小籠包，恰好也是千旭最愛吃的。

反正這兩道菜只對她和千旭有特殊意義，對執政官而言，不過是兩道普通的菜而已，他就算看到，也應該完全無所謂。

機器人把飯菜都送去給「大家」後，桌子上只留下兩個人吃的分量。

洛蘭和辰砂面對面坐在長桌兩側，安靜地吃飯。

她覺得這樣的場景很陌生古怪，才赫然發現兩人以夫妻的名義在同一個屋簷下生活了十多年，卻是第一次單獨在一起吃飯。

也許因為太安靜了，氣氛莫名地有點尷尬。

洛蘭終於發現一團糨糊狀的營養餐還是有一個優點——用餐時間短，幾口就能吃完，不必相對無言。

「很好吃。」

辰砂突然開口說話，洛蘭被嚇了一跳，愣了一會兒才反應過來，「哦，謝謝。」

兩個人又陷入了沉默。

洛蘭主動開口：「不知道你喜歡吃什麼，都是隨便亂做的。」

「玫瑰醬。」

「咦？」洛蘭一頭霧水。

「我媽媽不會做飯，幾乎從不進廚房，她唯一會做的是玫瑰醬。用新鮮玫瑰花醃製的醬，可以抹在麵包上吃，做包子吃，還可以放在水裡喝。媽媽去世後，我叫機器人做過，但味道完全不一樣。」辰砂低頭，看著盤子裡的麵包，「我想吃玫瑰醬，下次可以做給我吃嗎？」

「……好。」洛蘭完全沒想到辰砂會這麼不客氣。

「謝謝。」

洛蘭覺得氣氛越發古怪了，小心地說：「你不要期望太高，我做的玫瑰醬很有可能和你記憶中的味道完全不一樣。」

「沒關係。」

洛蘭實在不知道他的「沒關係」究竟是什麼意思，不過辰砂難得提要求，她就盡力而為吧！

畢竟他們也不會有多少「下次」了，她的身分是葉玠給的，現在葉玠要收回了，恐怕這次不但是她第一次和辰砂單獨一起吃飯，也是最後一次。

洛蘭發訊息給大雙子星的宿二，拜託他把城堡花園裡新鮮的玫瑰花摘下來快遞給她。

宿二辦事果然可靠，洛蘭收到玫瑰花時，新鮮得像是剛採摘下的。

洛蘭按照辰砂媽媽留下的食譜，先把玫瑰花洗淨陰乾，再去掉花托、花萼，把花瓣和冰糖攪拌充分，加入一點點梅鹵，最後裝進玻璃罐中封存，兩個月後就能享用了。

看食譜感覺不難，但洛蘭第一次做，反覆折騰了好多遍，浪費了一大半玫瑰花，才終於得到她想像中的味道。

只有兩罐，希望兩個月後辰砂能滿意。

＊　＊　＊

執政官仍然不允許阿爾帝國的飛船離開。

邵茄公主急不可耐，葉玠卻完全不在乎，甚至還搬到斯拜達宮住，每日邀美女做伴，四處遊山玩水，樂不思蜀。

洛蘭知道葉玠在等待她的選擇：跟他離開，或者，去殺了他。

她曾心心念念想找回失去的記憶，知道自己是誰，可是，現在機會就在眼前，她卻不敢接受。

她愛的，她想保護的，很有可能都是過去的她不接受、不認可的。

洛蘭第一次知道，同一個人竟然也會有截然相反的兩個意願。

過去的她和現在的她，是一個人，可又偏偏不是同一個人。

葉玠想要的是過去的她，不是現在的她。

不管過去的她和葉玠是什麼關係，十一年光陰已經讓現在的她不是過去的她。她從來處來，卻不想到去處去了。

只怕葉玠很快就會明白，她並不是他不惜生命想要保護的那個人。他會不擇手段地恢復她的記憶，找回過去的她，抹殺現在的她。

洛蘭清楚地知道，她剩下的時間不多了。

可以說，現在的她想要葉玠死，葉玠也想要現在的她消失，她和葉玠之間注定只有一個結局：要麼她死，要麼他亡！

不過，在那之前，洛蘭還要去見執政官，做一件荒謬的事。

＊　＊　＊

執政官府邸前。

洛蘭請求見執政官。安達似乎早知道她會來，沒有多問，很乾脆地讓她進去了，「執政官在閱覽室。」

寬廣幽深的大廳裡，異樣地安靜，洛蘭能清晰地聽到自己每一步的足音。

雖然是大白天，屋裡的光線卻偏暗，不知道是冷氣開得太足，還是心理作用，洛蘭竟然心生懼意，手臂上起一層雞皮疙瘩。

究竟在怕什麼？

洛蘭記得剛開始，她的確有點怕執政官，可後來發現執政官對她挺客氣，也就沒有那麼怕了。再後來，因為千旭的死，她差點用槍轟了執政官，心裡滿是憎惡，僅剩的幾絲懼意也消失不見。

洛蘭站在厚重的仿古雕花木門前，不知道為什麼，遲遲不敢敲門，一顆心跳得越來越急，都隱隱生痛了。

她伸手按在心口。不是已經知道只是一個夢了嗎？不是已經聯繫過孤兒院和軍校，覈實過千旭的資料了嗎？

她到底在緊張害怕什麼？

千旭和執政官，身分、地位、權勢、能力、性格……從頭到腳、從裡到外，天差地別、截然不同，她竟然把兩個風馬牛不相及的人聯繫在一起，簡直喪心病狂！

「請進。」

執政官的聲音突然傳來，門緩緩打開。

洛蘭定了定神，面無表情地走進去。

遮光簾低垂，只開著幾盞壁燈，屋內的光線有些暗。

執政官穿著黑色的長袍，戴著銀色的面具，坐在長几旁的雕花木椅上。

洛蘭下意識地掃了一眼他的脖子，被長袍遮得嚴嚴實實，什麼都看不到。準確地說，他全身上下沒有一寸肌膚裸露在外。

執政官展手做了個邀請的動作，示意她坐。

洛蘭坐下，乾巴巴地說：「辰砂說您救了我，謝謝。」

「不客氣。」執政官將一杯溫度恰好的茶推到她面前。

「辰砂說您下令不再追究遊樂園的事故，可我姊姊說您不允許他們離開，要等事情調查清楚。不知道閣下究竟是什麼意思，到底追究還是不追究？」

邵茵已經為這事急得聯絡了洛蘭好幾次，言下之意是如果再沒有明確的結果，她就要視作被拘禁，通知父皇了。洛蘭本來不想管，可是她也好奇執政官在這件事上的古怪態度。

執政官說：「我有幾個問題。」

「請問。」

「葉玠激發了模擬生態圈的神級難度？」

「是，他不是B級體能，應該是2A級。」

「葉玠的左肩上有一個貫穿琵琶骨的傷口，右臂上有一個貫穿肘關節的傷口。」

「是我做的。」

「妳想殺他？」

「我們兄妹間有些爭執，誤傷而已。」

「誤傷？廢掉兩條手臂的誤傷？」

「葉玠是2A級體能。如果不是誤傷，別說刺他兩下，就算只刺他一下，他能被我刺中？」洛蘭賭沒有人會想到葉玠竟然會絲毫不反抗地讓她刺。

「岩風獸的屍體上有五枚六稜形的金屬刺，是妳的兵器，還是葉玠的兵器？」

「葉玠。」

執政官垂目靜坐，似乎在思考什麼。

洛蘭慢慢握緊了拳頭。她曾在岩林裡用過類似的兵器，身為葉玠的妹妹，用類似的武器很正常。可如果是千旭，知道她是假公主，肯定會根據武器解讀出不同的意涵。

眼前這個高高在上、手握生殺大權的冷漠男人會是千旭嗎？雖然眼睛的顏色、說話的聲音都和千旭不同，可這些差異藉由幾滴藥劑就能改變。

但是，一個人的心可以隨意改變嗎？

不可能！千旭愛她，不會這樣對她！

洛蘭的拳頭舒展開，端起桌上的茶杯，一口飲盡，「閣下還有問題嗎？」

「妳可以回去了。」執政官沒有溫度地說。

洛蘭起身就走，腳步卻越來越慢，最後停下。

理智一遍遍說著不可能、絕不可能，身體卻不受控制。

她咬牙轉過身，硬著頭皮說：「聽說閣下因為身體腐爛才不得不把身體遮住，是真的嗎？」

室內陷入死一般的寂靜。

洛蘭知道自己很瘋狂，但是，不問清楚，她腦子裡的念頭會更瘋狂。

執政官站了起來，慢慢走向洛蘭，像是一隻在緩緩接近獵物的黑豹。

洛蘭做好了「被狠狠一腳踹出門」的準備。

執政官站定在她面前，姿態傲慢冰冷。

他把一隻手遞給洛蘭，「這一次，我允許妳查看。」言下之意，絕沒有下一次。

洛蘭捧住執政官的手，笨拙地脫掉他的手套，把纏繞在他手上的繃帶一圈圈解開。

一隻正在腐爛的手，已經沒有一塊完整的肌膚，只有變形扭曲、潰爛化膿的腐肉，有的地方甚至能看到白色的骨頭。

洛蘭愣住了，他真的得了活死人病，不是偽裝。

一瞬間，她心情大起大落，分辨不清自己究竟是失望悲痛，還是釋然解脫。

執政官縮回手，冷冷地說：「妳可以離開了。」

洛蘭心裡大叫「行了！行了！趕緊離開」，身體卻完全是另一回事。

她像是鬼迷心竅一般，眼睛直勾勾地盯著執政官的臉，「你的臉也腐爛了嗎？閣下剛說了，允許我查看。」

洛蘭大著膽子伸出手，想要摘掉執政官的面具，執政官站著沒有動。

她的手碰到他的面具，冰冷的金屬觸感讓她打了個寒顫。

她的手指僵硬，竟然心生畏懼，不敢揭下面具。

她不知道自己在怕什麼，究竟怕他是，還是怕他不是？

洛蘭盯著執政官的眼睛，想在他唯一還有溫度的地方找尋答案。可是，執政官冰藍色的眼睛就像是遙不可及的天空，除了遙遠，還是遙遠。

洛蘭的身體不自禁地打著哆嗦。

她緩緩摘下面具，看清楚執政官臉的一瞬間，手裡的面具落地。

「咣當」一聲脆響，洛蘭臉色煞白，踉踉蹌蹌地往後退了幾步。

眼前的臉已經看不到清楚的五官，軟塌塌一團正在腐爛的黑肉，五官扭曲變形，到處坑坑窪窪，鼻子不是鼻子，嘴巴不是嘴巴。

唯一還正常的地方就是眼睛了，可眉毛早已完全脫落，眼眶四周化膿潰爛，發黑的肉鼓起一個個肉結，似乎隨時都會掉下來。一雙還正常的眼睛鑲嵌在這樣不正常的臉上，凸顯得整張臉越發可怕詭異。

洛蘭解剖過不少屍體，自以為見多識廣，卻仍然被眼前的景象震懾得一陣心悸。

不僅僅是因為眼前的這張臉畸形恐怖，還因為這張本應該屬於死人的臉上卻依舊長著一雙活人的眼睛。

明明已經沒有一寸完整的肌膚，承受著地獄般的痛苦，這個人的眼神卻沒有一絲異常，平靜得就好像用了最強效的止痛劑，感覺不到一絲疼痛。可洛蘭知道，這世間根本沒有止痛劑能幫他緩解痛苦，身為3A級體能者，他永遠清醒。

「還要查看別的地方嗎？」執政官解下長袍，準備脫衣服。似乎只要洛蘭願意，她可以把他全身的遮掩都解開，仔細查看。

「不……不用了！」洛蘭聲音發顫。

執政官看著她，潰爛的嘴唇上翹，像是在譏嘲地笑，「真的不用了？妳只有一次機會喔。」

「不用。」洛蘭一眼都不敢多看，彎下身，撿起面具，哆哆嗦嗦地遞給他，「抱……抱歉！」

執政官接過面具，冷冷地說：「妳可以離開了。」

洛蘭低著頭，向他深深鞠了一躬，像是逃跑一般，衝出執政官的府邸。

走在絢爛的陽光下，洛蘭覺得眼前的景物模模糊糊，擦了把眼睛，才發現滿臉都是淚。

那個夢太真實了，讓她竟然心生幻想，覺得千旭還有可能活著。理智早已一遍遍告訴她不可能，心卻不受控制，覺得執政官有可能是千旭。

他終年戴著面具，沒有人知道面具下究竟藏著什麼。

如果是他，就能隨口道出如何激發模擬生態圈的神級難度。

如果是他，就能算無遺策讓紫宴查不出千旭的異常。

如果是他，就能隻手遮天讓千旭的死偷梁換柱……

現在，所有瘋狂的幻想都破滅。

執政官是執政官！千旭是千旭！

不管她多麼思念千旭，千旭都已經離她而去。

Chapter 2

夢碎

記憶的光像是大浪淘沙，
把一粒粒湮沒在滾滾沙塵中的金色顆粒都淘了出來。

執政官允許阿爾帝國的飛船離境，不過，只同意邵茵公主隨飛船離開，葉玠被熱情挽留。

洛蘭覺得執政官不愧是老狐狸，分寸把握得很好。

邵茵是皇帝的親生女兒，皇儲邵靖的親姊姊，如果真的被拘禁了，只怕會引發一場戰爭。

葉玠卻不一樣，在那個廣為人知卻又被認定是無稽之談的謠言中，他才應該是皇儲。而且，葉玠現在是法律上的第二順位繼承人，皇帝和皇儲對他肯定心有芥蒂，不但不會為他大動干戈，說不定還暗自期待著發生點什麼意外事故。

邵茵公主在離開前，再次邀請洛蘭隨她回阿爾帝國探親。洛蘭婉言謝絕了，卻把清越和清初打包送上飛船，讓她們回去探望親人朋友，暗示她們可以趁機留下，不用再回奧丁。

十多年相處下來，清越、清初和她已經有了真感情。兩人明明很思念故國親友，卻哭著表示願意留下來繼續陪伴她。

洛蘭硬著心腸拒絕了。

某種意義上，「洛蘭公主」必死無疑。她現在正一件件處理「公主的後事」，等該了結的事都了結了，就應該了結她和葉玠之間的事。

魚死網破已經是最好的結局，清越和清初沒有必要留下來陪葬。

回顧過往，洛蘭冒充公主的這十多年，沒有做任何對不起奧丁聯邦的事，但欺騙就是欺騙，任何解釋都沒有意義，如同辰砂所說，「撒謊者的無可奈何，歸根結柢都是一己之私」。

她沒有辦法補償，只能把這些年的研究心得和治療異變的猜想仔細整理出來，留給其他研究者參考，希望能對基因異變的研究有所幫助。

為了說清楚事情的來龍去脈，洛蘭錄製了一段影片，告訴大家她是假公主，葉玠是龍血兵團的團長，真的洛蘭公主應該在龍血兵團裡。

她向辰砂和封林誠摯道歉，很抱歉她因為貪生怕死，自私地欺騙了他們很多年。不奢求原諒，也不值得被原諒，只祝福辰砂將來的婚姻幸福美滿，封林能得償所願。

＊＊＊

餐廳裡，洛蘭心事重重地坐在角落的位置。

她一手拿著湯匙，有一下沒一下地戳營養餐，一手把玩著一個小小的隨身碟，裡面是她的遺書——十多年的研究心血和最後的道歉影片。

該處理的事都處理完了，她打算待會兒去找葉玠。

出發前，她會把隨身碟快遞給執政官。如果她這條小魚沒有撞破葉玠的大網，就讓執政官出手善後吧！

葉玠表面上給了她兩個選擇，可實際上他很有自信，很清楚只有一個選擇。

因為，她在奧丁聯邦是個假公主，還是一個居心叵測、勾結外敵、企圖盜取奧丁聯邦研究機密的假公主。奧丁聯邦容不下她，她想要活下去，唯一的選擇就是離開奧丁，跟著葉玠走，根本沒有其他選擇。

可是，葉玠不知道這十多年她從沒把自己當作洛蘭公主在生活。從她拒絕注射那管恢復記憶的藥劑時，她已經做了選擇。

她是駱尋！

不管過去的她和葉玠是什麼關係，就算他真的是自己最愛的男人，讓過去的她心甘情願地做棋子去幫他盜取奧丁聯邦的機密，都和現在的她無關。

她的記憶開始於她在荒原上睜開眼睛的那一刻，她的世界開始於她走出飛船看到阿麗卡塔的那一刻，她的生命開始於她告訴千旭她叫駱尋的那一刻。

短短十多年的生命中，她接受的第一份關懷來自千旭，第一個鼓勵來自千旭，第一次生死與共來自千旭……

葉玠害死了千旭，她絕不會讓他逃脫，即使，這個選擇的代價是死路一條。

「難以下嚥嗎？」

紫宴放下手中的餐盤和飲料，坐到她對面。

洛蘭被嚇了一跳，立即握緊手裡的隨身碟，若無其事地放進衣服口袋裡。

「沒有。」她做賊心虛地挖了一大勺營養餐塞進嘴裡。

「的確難以下嚥。」紫宴滿臉嫌棄地吃了一口，「前幾天妳送來的菜很好吃，謝謝！」

「不客氣，不小心做多了。」

洛蘭幾口吃完營養餐，想要走。

「這次妳真的要好好感謝執政官。」

洛蘭剛起身，又坐下。她也不知道為什麼對「執政官」三個字這麼敏感。

「什麼意思？」

「冒險家樂園的事，我被病毒迷惑了，辰砂被妳的小花招迷惑了，猜猜是誰第一個判斷出妳在岩林的？」

「執政官？」洛蘭的聲音很輕。

紫宴咬著湯匙，點點頭，像是一隻完全無害的乖兔子。

洛蘭眉頭緊鎖，拿起飲料喝了幾大口。

紫宴糾結地看著自己的飲料被洛蘭理所當然地拿去喝，思考著要不要提醒她那是他喝過的呢。

洛蘭說：「在岩林裡，差點被我一槍轟掉的人是執政官，不是你，也不是辰砂，你們對岩林當然不會印象那麼深刻了。」

「話是這麼說，但妳明明和葉玠一起失蹤，我們所有人都認定事情肯定與阿爾皇室的恩怨有關，執政官卻從六十四個生態圈中毫不猶豫地選擇了依拉爾山脈和岩林生態圈。我不服氣地想反駁他時，他又毫不遲疑地選擇了岩林。」紫宴眼中全是困惑，「顯然，執政官認定岩林對妳而言很特殊，我感覺不僅僅是因為妳在那裡用槍指著他。」

岩林對她而言當然極特殊，因為那裡不僅是千旭的身死之地，還是她和千旭的定情之地。

「所以，執政官是老狐狸，你只是小狐狸。」洛蘭似乎對這話題再沒興趣，拿起飲料離開了。

紫宴盯著她手中的飲料，無聲地嘆氣。一提到千旭就心亂失常，卻還要硬裝一切正常。早知道她是這樣執拗的性子，當年抽籤時還不如……

＊　＊　＊

封林結束實驗，準備去餐廳吃飯。

剛走出實驗室的門，就看到洛蘭靠牆而立，喝著飲料，眼神沒有焦點，一臉若有所思。

「怎麼了？」封林問。

洛蘭把一罐營養劑拋給她：「在餐廳裡吃糨糊還不如去外面散散步、吹吹風。」

封林嗤笑了一聲：「走吧！」

兩人並肩走在林蔭道上。天氣已經涼了，地上有不少金黃色落葉，踩上去發出窸窸窣窣聲音。

封林打開營養劑，喝了一口，「這條路談話很安全，有什麼事情就說吧！」

洛蘭問：「執政官是個什麼樣的人？」

「我尊敬、崇拜的人。」

洛蘭驚訝地看著封林，「有必要這麼誇張嗎？」

「實話實說，絕對沒有誇張。」

洛蘭想起會議室裡幾位公爵對執政官的態度。

封林喝著營養劑，一邊回憶，一邊說：「那時候，我們四十多個孩子在基地接受集訓。有一天，前任執政官來看我們。」

「辰砂的母親？」

「嗯，陪她來的是兩個又高又帥的男人，一位是指揮官，辰砂的父親，還有一位是鼎鼎大名的殷南昭將軍。他站在聯邦的兩位天之驕子身旁，毫不失色，甚至更耀眼奪目。」

洛蘭看過辰砂父母的照片，知道他們都是光華璀璨的人物。如果殷南昭比他們更耀眼，封林的尊敬崇拜絕對不算誇張。

封林看著天空中一片片飄落的黃葉，眼內思緒悠悠，表情很悵惘，「當時，我們年紀還小，心智不成熟。訓練十分艱苦，冷酷的淘汰機制讓我們很絕望，簡直像生活在地獄裡。誇張地說，殷南昭將軍的出現就像是一道光，劈開地獄的黑暗，讓我們看到了前方的美麗風景，知道只要熬過去，就能變成像他那樣的人。」

「殷南昭也是透過淘汰機制選拔出來的？」

「不是，他比我們慘多了。我們雖然是孤兒，可出生在奧丁聯邦，清楚地知道父母是誰，而且很小就被公爵挑中，不但沒有受過歧視，甚至有很多人羨慕嫉妒我們。執政官卻是安教授從其他星球買來的奴隸，不知道自己在哪出生，也不知道父母是誰，因為異種基因，受盡人類的歧視虐待。聽說剛買回來時，遍體鱗傷，差一點就死了。」

封林嘆氣，「執政官來到奧丁聯邦後，因為奴隸身分，飽受排擠。一個沒有接受過正規教育的少年，沒有專業技能，沒有學歷文憑，甚至連字都認識得不多，為了有尊嚴地活下去，他只能去參軍。可是自身條件太差，沒有軍隊肯要他，只有死亡率最高的敢死隊才肯接收他，就是去做炮灰，用自己的屍骨支撐起別人的成功。但是，他竟然靠著軍功，從最底層的炮灰一步步升上來，成為聯邦最優秀的將軍。」

封林感慨地說：「我們只是一群孩子的淘汰競爭，看似冷酷，實際上並沒有生命危險，但殷南昭將軍卻是真的經歷了一次又一次的死亡淘汰賽。看到他站在前面，就像是一個活生生的路標，讓我們覺得努力有了方向。」

洛蘭說不清楚心裡是什麼感覺。她不是第一次聽執政官的經歷，卻是第一次真正聽了進去。原來，殷南昭和她一樣，都是外來者。他雖然是異種，可是當他第一次踏上阿麗卡塔時，也是無國、無親、無友，一無所有。她曾經歷過的惶恐迷惘、孤獨無助、漠視敵意，那個奴隸少年也全部經歷過。

她幸運地遇見了千旭，靠著他的指點幫助，在奧丁聯邦一步步站穩腳跟，他卻只能加入敢死隊，用命去拚。

封林看洛蘭一直不說話，好奇地問：「在想什麼？」

「我在想……為什麼執政官對我沒有敵意。他和你們不同，親身經歷了人類的欺辱和虐待，應該對人類很敵視，而我的基因和身分卻讓我代表著所有人類。」

「因為他是殷南昭！」封林眼中滿是崇拜，「告訴妳一個祕密。我還沒有見到妳時，執政官就找我談過話，要我善待妳。執政官說妳不是敵人，也不是研究對象，而是一座橋梁，把異種和人類聯繫在一起；我們想要收穫善意，必須先付出善意。」

洛蘭怔怔不語，原來是這樣。殷南昭著眼布局的不僅僅是治癒一種基因病，而是異種的未來。他想要改變奧丁聯邦在整個星際中被孤立的局面，讓異種和人類和平共處。

「洛蘭？」封林推了她一下。

洛蘭回過神來，掩飾地說：「執政官和首任執政官游北晨有點像，不但經歷有點像，連名字都有點像。」

封林笑著說：「執政官被買回來時是奴隸，只有編號，沒有名字，他的名字是安教授取的，據說就是希望他能像大英雄游北晨一樣堅強勇敢。剛開始大家都當笑話，沒想到後來希望居然成真了。那幫老傢伙都說，如果沒有游北晨，聯邦不會統一；如果沒有殷南昭，聯邦早已分裂。現在聯邦的兩艘星際太空母艦，一艘叫北晨號，一艘叫南昭號，殷南昭已經是可以和游北晨相提並論的大英雄。」

洛蘭這些年忙忙碌碌，兩耳不聞窗外事，完全不知道這些，不願相信地問：「執政官真這麼厲害？」

封林一臉敬佩地狂點頭，「我個人覺得執政官比首任執政官更厲害。亂世出英雄，游北晨或多或少有點時勢造英雄吧！殷南昭卻是完全靠自己從炮灰變成英雄。最難能可貴的是，他擅長殺戮，卻不好殺；手握重權，卻不愛權。」

洛蘭滿臉意外地看著封林。

封林眨眨眼睛，「我可沒膽子評論殷南昭，是前任執政官、辰砂的媽媽說的，好歹執政官也算是半個安家人，按輩分要叫安蓉一聲姑姑。」

安家人？洛蘭腦中靈光一現，像是抓住了什麼，「安教授、安蓉、安達、安娜，都姓安，他們之間有什麼關係嗎？」

封林讚嘆地拍拍洛蘭的肩膀。這事雖然不是人盡皆知，可也絕不是祕密，洛蘭居然一無所知，可見這些年她還真是心無旁騖，只顧著專心學習，「他們沒有血緣關係，但都是安家人。首任執政官游北晨身邊有六個得力幫手，都是孤兒院的孩子，以『安』為姓，立志團結一心、安定聯邦。他們不像七個區的公爵，可以爵位世襲，但安家人守望相助，代代人才輩出，在各行各業都有傑出表現，基因學家安教授、執政官安蓉就是其中的佼佼者。」

洛蘭第一次發現，高高在上的執政官和平凡普通的千旭並不是沒有一絲關係，安娜是千旭的實驗負責人，安達是執政官的大管家，他們之間有一條隱隱的線相連。

洛蘭問：「殷南昭是怎麼當上執政官的？」

「前任執政官和指揮官在一次飛車爆炸事故中同時遇難，聯邦突然痛失兩位英才，內部民心不穩，幾個公爵蠢蠢欲動，外部以阿爾帝國為首的幾大星國虎視眈眈。當時，只有殷南昭將軍能控制住聯邦的軍隊，臨危受命當選為執政官，實際上也是指揮官。他力挽狂瀾，阻止了聯邦分裂。」

封林遺憾地攤攤手，「當時我年紀還小，很多事不清楚，只是感覺周圍人心惶惶。後來大家對這段黑暗歷史諱莫如深，妳要想知道詳情，也許只能去找紫宴，他知道的肯定比我多。」

洛蘭把喝完的飲料杯捏扁，放進回收箱，盡量若無其事地問：「妳覺得執政官寬容隨和嗎？」

「寬容？隨和？」封林笑得花枝亂顫，「執政官有很多美德，但寬容、隨和絕不在其中。請記住，他是受盡虐待、僥倖活下來的奴隸；是從死人堆裡爬出來的炮灰；是戰場上令人聞風喪膽的魔鬼心殷南昭。他全身上下、每一個毛孔裡都浸泡著鮮血！」

洛蘭沉默了一會兒，問：「執政官什麼時候得病的？」

「他成為執政官的第六年，還是第七年，我有點記不清了。」

「妳覺得，如果我要求看一下他那腐爛的身體，他會同意嗎？」

封林翻了個白眼，「妳想死的話就去吧！」

「如果我不但要求看他的身體，還想摘下他的面具，他會配合嗎？」

封林瞪著洛蘭，「妳腦子沒毛病吧？」

洛蘭固執地問：「妳覺得執政官會配合嗎？」

封林無奈地說：「當然不可能配合了！」

「絕不可能嗎？」

「絕不可能！」封林斬釘截鐵，「這麼多年來執政官一直孤身一人，不是沒有人想送人去討好他，女的、男的都送過，可全被他趕回去。除了他的主治醫生安教授和一直跟隨他的安達，執政官根本不允許任何人靠近他。」

洛蘭沉默地走著，一腳踢起地上的落葉。

絕不可能的事已經發生了，執政官不但配合地讓她解開繃帶、拿下面具，甚至還脫下長袍，表示隨她檢查。他知道她在懷疑什麼，為了消弭她的懷疑，他破例了。可是，他如果只是殷南昭，怎麼會知道她在懷疑什麼？就算知道了，又何必這麼配合？

封林不解地問：「妳怎麼突然關心起執政官的病？」

「對活死人病有點興趣，想研究一下。」

封林皺了皺眉說：「想研究活死人病，有得是病例，執政官就算了吧！根據奧丁法律，執政官的身體健康只能由專人負責，妳不適合參與。」

＊＊＊

辦公室。

洛蘭坐在工作臺前，一遍又一遍地看著執政官的影片。

搜遍奧丁聯邦的星網，只有這一段正面影片。

執政官的就職儀式上，他穿著筆挺的軍服，站在斯拜達宮議政廳前的廣場上，面朝公眾，宣誓就職。

他身材高眺、五官精緻，整個人完美得像是用畫筆一筆筆精心繪製出的畫中人。氣質更是清雅出塵，沒有一絲煙火氣息，一點都不像個手染鮮血的軍人。

即使穿著莊重肅穆的軍服，站在烈日驕陽下；即使戰功卓絕，胸前掛滿纍纍勳章；即使明知道他是那個戎馬倥傯、鐵血征戰的魔鬼心將軍，卻依舊讓人覺得他像黑夜中灑落的月光一般靜謐悠遠、輕妙雅致。

原來在沒有戴上面具、穿上黑袍前，殷南昭的容貌是這樣的，難怪辰砂的媽媽會說他是「天使的臉」。

洛蘭的腦海裡像是變成戰場一般，理智和情感對峙，都想說服對方。

一邊叫嚣著：「不是他！絕不可能是他！」一邊叫嚣著：「是他！肯定就是他！」
洛蘭痛苦地捧著腦袋。千旭到底是不是殷南昭？
所有事實、所有證據都表明不可能，殷南昭是殷南昭，千旭是千旭！
可是，就像她對紫宴說的話，殷南昭是隻老狐狸，如果連紫宴這隻小狐狸都看不破他的偽裝，她一個只會做研究的書呆子，又有什麼能力去看破？
身為科學家，所有推斷結論都應該建立在事實和證據的基礎上，但這次她不想管事實證據了，只想聽從自己的心。
洛蘭仔細地回想著她和執政官認識以來的一幕幕。
第一次見面是她剛到阿麗卡塔時，他沒有看見她，她卻看見了他。
他穿著黑色的作戰服，站在危機四伏的原始星球上，談笑間把一隻利齒鳥開膛破肚、血濺滿屋，清越被嚇昏過去，她也不得不裝昏。
第二次見面，準確地說，只是聽到聲音。
封林請他投票決定她能不能加入阿麗卡塔生命研究院。
他漫不經心，幾句話就逆轉了她的命運，讓她如願。
第三次見面已經是十年後，在歡迎執政官歸來的舞會上。
他一張沒有溫度的面具臉，拒人於千里之外，坐在獨屬於他的椅子上，置身事外地看著眾人談笑風生、觥籌交錯。
第四次見面是在他的官邸。

昏黃的燈光下，他像正常人一樣伏案工作，轉身時，卻是一張沒有正常人表情的假面。

……

熙熙攘攘的眾生百相，紛紛擾擾的紅塵往事。

記憶的光像是大浪淘沙，把一粒粒湮沒在滾滾沙塵中的金色顆粒都淘了出來。

他握住她的手腕，阻止她喝滾燙的茶水。

從此，每次見面遞到她面前的茶都溫度剛好入口。

……

大雙子星上，她喝完幽藍幽綠，一整晚撥打千旭的個人終端機上百次，沒有人接聽。

幾天後，她上課時，風塵僕僕的執政官突然破門而入，連衣服都沒來得及換，靴上仍有血跡。

……

去岩林前，執政官送她「死神的流星雨」防身。

威力雖大，一年卻只能射擊一次。這麼雞肋的屬性根本不像是為人多勢眾的龍血兵團準備的，倒像是為異變後的凶殘野獸準備的。

……

岩林裡，她用槍指著執政官的頭時，他沒有反抗。

所有人都以為他是忌憚「死神的流星雨」，可是，一個槍林彈雨中出生入死無數回、3A級體能的人，面對一個斷了一臂、剛剛晉級為A級體能的人，只因為一把槍就沒有了反抗能力嗎？

……

她被那隻野獸咬斷一臂時，鮮血濺了執政官一臉。

那一瞬間，她被他緊緊地抱在懷裡，她在發抖，他好像也在發抖。

……

驚聞邵菡和葉玠要來時，她決定逃走。

敏銳犀利的辰砂都沒有意識到她想逃，執政官卻出現在飛車上，讓她的逃跑計畫胎死腹中。

……

歡迎邵菡和葉玠的晚宴，執政官不能吃、不能喝，完全沒有必要出席，卻從頭到尾一直在。

當她被葉玠抱住，陷入夢魘一動也不敢動時，連身旁的辰砂都以為他們只是兄妹多年未見的熱情，執政官卻幫她解了圍。

……

特意蒐集邵菡和葉玠的資料，表面上是給辰砂看，卻又吩咐辰砂拿給她看一下。

洛蘭捂住自己的臉，淚水從指縫間涔出。

她親眼看到千旭異變，也親眼看到執政官腐爛的手和腐爛的臉，沒有絲毫證據能把兩個截然不同的人連結在一起，連狡猾多疑的紫宴都沒有往這方面想。

看上去一切只是她荒誕無稽的幻想。

可是，執念如燈，愛若拂塵，將歲月中迷惑人心的層層塵埃一點點擦拭乾淨。她的心亮如明鏡，已經告訴她答案。

但是，明鏡臺上映出的是殷南昭，不是千旭！

洛蘭心如刀絞，痛得幾乎不能呼吸，竟然覺得比千旭死的那一刻還悲傷絕望。

千旭死時，千旭給她的愛並沒有死亡，他給她的溫暖依舊支持著她前行。

不管世事多艱難，這個世界都曾經有過一個人，溫柔、珍惜地愛過她，視她若珍寶，愛她如生命。但是現在什麼都沒有了，連千旭的愛都沒有了。

沒有人視她若珍寶，沒有人愛她如生命。

她深愛的，她執念的，只是殷南昭扮演的一個人物。

也許，他投入了真心，可再真心，也只是更投入的一場戲而已。

他看著她斷臂剜心，看著她消沉痛苦，看著她悲傷迷惘，也許，不是沒有過動容憐惜，但也只是動容憐惜而已。

殷南昭不是千旭！

她的千旭怎會捨得這麼對她？

當她因為千旭答應了陪她去岩林而歡天喜地時，殷南昭卻親手把死神之槍交給她，設局讓她去殺死全心全意愛著的人。

從一開始，他就為她定下了最殘酷的結束。

十年時光，最溫暖、最美好的記憶全部化為灰燼。

想到她為了替千旭報仇，費盡心機想要殺死葉玠，甚至不惜同歸於盡，洛蘭大笑起來。

果然是人間極品殷南昭，天使臉、魔鬼心！

＊　＊　＊

洛蘭掏出口袋裡的隨身碟，扔進一個裝著化學試劑的敞口容器裡。

霎時，容器裡的化學試劑像煮開的水一般，咕嘟咕嘟地冒出一個又一個氣泡。

洛蘭盯著「遺書」一點點溶解，眼淚再次潸然而下。

多麼可笑啊！

殺死千旭的人是殷南昭，可是，創造千旭的人也是殷南昭。

她到底是該拿把刀宰了他，還是該送他個最佳演技獎感謝他？

淚水滾滾，卻落不盡哀傷。

這一刻，她真寧願心上蒙塵，永遠不知道真相，至少還可以天真地相信有一個人給了她最真摯、最美好的愛。

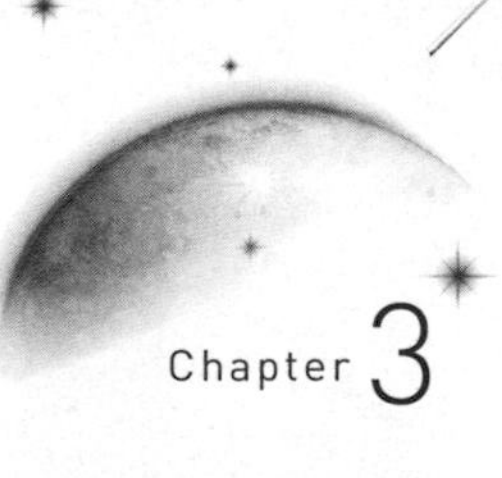

Chapter 3 風從哪裡來

風從哪裡來，吹啊吹，吹落了花兒，吹散了等待。滄海都化作了青苔。

訓練場。

重力已經加到十倍，正在搏鬥的兩個人卻依舊動作迅疾敏捷，沒有絲毫凝滯。

百里藍的異能是力量，他雙手上的合金拳套，一直包裹到小臂，將他的力量優勢更加放大，幾乎每一拳打出去，都像是狂暴的颶風，讓人覺得會摧毀一切。

辰砂像是颶風中的一片葉子，被風吹得四處亂飛，直到現在他都沒使用武器，顯然還有餘力。

不管是在軍隊裡，還是在傭兵團裡，同級或者越級的對抗性訓練都很常見，不過，2A級體能和3A級體能的對抗性訓練卻非常罕見，畢竟整個星際也沒有多少2A級體能者，3A級更是一隻手就能數清楚。

星際不知道有多少人夢寐以求能看到這樣一場搏擊，但空曠的看臺上只坐了不到十個人，還都有點心不在焉。

封林看了幾十年早看膩了，洛蘭是在想心事，兩人的目光都沒有落在重力場內的辰砂和百里藍身上。

＊ ＊ ＊

封林看著對面看臺上的葉玠和執政官，用手肘撞撞洛蘭，「妳說執政官什麼意思，竟然邀請那位浪蕩王子來看我們打架？他看得懂嗎？」

「葉玠是2A級體能者。」

封林懊惱地拍額頭，「他的迷惑性太強了，我總是會忘記。這樣的話……應該是震懾吧！執政官想讓他感受一下2A級是如何被3A級虐打的。」

洛蘭沉默地看著執政官，心內思潮翻湧，面上卻是點滴不顯。

在那些思念如影隨形的日子裡，她曾經很多次夢到千旭。

跨越生死、失而復得的重逢令人欣喜若狂，即使在夢裡，她都知道彌足珍貴，情感分外熾熱，不管是歡笑，還是哭泣，都會迫不及待地擁抱，溫柔纏綿地親吻。

洛蘭做夢都想不到，有朝一日，他們真正重逢時，竟然是相見不相識。

這樣平靜淡漠，沒有歡笑，也沒有哭泣；沒有迫不及待的擁抱，更沒有溫柔纏綿的親吻。

隔著無法跨越的生死距離時，她都會以思念為引在夢中與他相會；可現在他就在她面前，觸手可及的距離，她卻只是若無其事地冷眼看著。

他讓她經歷了兩次生死之痛：一次痛苦於千旭死在她面前，她卻無能為力；一次痛苦於千旭竟然根本就不存在，她刻骨銘心的愛戀只是他人的一場戲。

兩次剜心刮骨的悲痛絕望，把心燒成了死灰。

雖然體內還是像有一把鈍鈍的挫子一直不停地刮著五臟六腑，讓她清楚地知道他給她的傷口依舊在流血，可好像沒有了愛和恨；她沒有衝上去相認的愛，也沒有憤怒質問的恨。

＊　＊　＊

葉玠察覺到洛蘭的目光，以為她在看自己，衝著她揮揮手，笑得陽光滿面。

因為葉玠的舉動，一直看著百里藍和辰砂的執政官也終於把目光投向她。

洛蘭不知道怎麼想的，突然就回了葉玠一個笑，也衝著他揮揮手。

葉玠還沒來得及反應，紫宴、封林、楚墨、棕離、左丘白卻都齊刷刷地扭頭看向洛蘭。

封林趴在洛蘭肩頭，嘀咕：「我看妳對葉玠一直很冷淡，關係不是不好嗎？」

「再不好，畢竟血緣在那裡。」

封林想了想，突然雙手攏在嘴邊，大聲叫：「辰砂，拿點真本事出來，你老婆看著呢！」

辰砂瞟了一眼看臺，拿出武器。

一個十一、二釐米長、六、七釐米寬的黑色武器匣，看上去普普通通，機關啟動後，卻變成一把一米多長的黑色光劍，很像第一區徽印上被玫瑰花纏繞的無鞘劍。

握住光劍的那一瞬間，辰砂驟然從一片隨著颶風四處飄蕩的葉子，變成一座淵渟嶽峙、巋然不動的雪山。

百里藍的拳剛猛暴烈、有去無回，辰砂手中的劍卻如雪花，總能迎難而上，隨風而舞。

人影交錯、疾若閃電。

辰砂看上去清清冷冷，似乎沒有多猛烈，百里藍卻一步步後退，堅固的地板上留下一個個清晰的腳印。

洛蘭什麼都還沒有看清楚，已經風停雪住。

辰砂手裡的光劍消失，又變回黑色武器匣。百里藍的拳套碎裂，一片片金屬碎片掉在堅硬的地板上，發出清脆的聲音。

「好！不愧是奧丁聯邦的指揮官！」

葉玠高聲喝采，站起來用力鼓掌，臉上掛著浮誇的笑，氣氛顯得有點尷尬。

紫宴發現百里藍的眼神越來越陰沉，突然打斷了葉玠的掌聲，懶洋洋地說：「百里，你不行了啊！」

百里藍踢起地板上碎裂的拳套，砸向紫宴，惱火地說：「你別光坐在上面說，下來試試，看看我行還是不行！」

紫宴連彈出三張塔羅牌，才把碎片擊落，人卻依舊歪在座位上，漫不經心地說：「口氣再硬有什麼用？你得身體能硬。」

百里藍火冒三丈，衝到看臺前吼：「老子身體硬不硬，你下來試試啊！」

封林噗哧一聲笑出來：「紫宴，你這麼想知道百里能不能硬起來，要幹嘛？難道想男人了？」

劍拔弩張的氣氛一下子煙消雲散，紫宴和百里藍下意識地彼此看了一眼，都滿是嫌棄地翻了個白眼。

不過，緊接著百里藍不知道想到什麼，咧著一口雪白的牙，樂不可支地笑起來。紫宴卻是有點惱羞成怒，瞪著封林。他容貌美艷，的確招過不少不知死活的男人撲上來，只不過從沒有人敢拿他的容貌開玩笑。

封林像個痞子一樣笑得吊兒郎當，「看什麼看？我就算能硬，也對你沒興趣。」

紫宴皮笑肉不笑地說：「注意一下，妳旁邊還有位淑女。」

洛蘭木著臉，慢吞吞地說：「沒什麼，軟的硬的我都摸過，不但摸過，還割下來做過人體標本，你們隨便聊。」

她本來還覺得坐在一群男人中討論硬不硬的問題很尷尬，可護短沒得商量，和封林同一戰線才最重要。

封林一邊拍洛蘭的肩，一邊笑得花枝亂顫。

紫宴徹底無語了，果然人至賤才無敵。

百里藍下意識地併攏雙腿，同情地瞟了一眼辰砂，問：「楚墨，你們醫學院教出來的女人都是她們這樣的嗎？」

封林表面上依舊笑得開開心心，但洛蘭明顯感覺到她的身體繃緊了。

洛蘭看向楚墨，不知道他會說什麼。

「她們這樣？」楚墨溫文爾雅地笑了笑，「辰砂，你覺得你夫人是百里藍說的那樣嗎？」

洛蘭突然覺得一陣頭痛。楚墨這傢伙太滑頭了，總喜歡借力打力，一個這，一個那，就把辰砂推到前面去了。

唰一下，光劍出現。辰砂手握長劍，冷冷看著百里藍。

百里藍急忙舉起雙手：「我對你夫人沒意見。」

紫宴大聲哄笑，陰陽怪氣地亂叫。其他男人也跟著起鬨，唯恐天下不亂地煽動百里藍和辰砂打起來，「別廢話，打！打……」

連楚墨也看熱鬧不嫌事大，笑著鼓掌。

辰砂長劍橫胸，掃視眾人，招招手，做了個邀請的動作，很淡定地表示：你們這麼想打架？歡迎下來！

幾個男人立即笑不出來了，暗自咬牙，都覺得辰砂非常欠揍，可沒有人真敢跳下去揍他。

紫宴弱弱地提議：「要不咱們一起上？群毆他一個！」

左丘白橫了他一眼：「你上吧，我沒你那麼不要臉。」

辰砂看沒有人真想打架，收回光劍，幾步跳到看臺上，問洛蘭：「回家嗎？」

「……回！」洛蘭愣一愣，急忙走到他身邊。

兩人一起向外走去。

「洛蘭！」

葉玠在叫她，洛蘭回身。

葉玠站在執政官身邊，唇畔掛著不羈的笑意，「上次我問妳的事，有答案了嗎？」

洛蘭看著他和執政官，面無表情地點了下頭。

葉玠笑著打了個響指，「那就好。」

洛蘭轉身，主動挽住辰砂的手臂，離開了訓練場。

✷ ✷ ✷

上了飛車，辰砂狀似漫不經心地問：「葉玠問的是什麼事？」

洛蘭眼睛都不眨地扯謊：「他問我要不要跟他一起回阿爾帝國看看。」

「邵茵公主不是問過了嗎？」

「邵茵是邵茵，葉玠是葉玠。」

辰砂沉默了一會兒，問：「妳的答案？」

「我想和他回去看一下。」

「怎麼會突然改變主意？」

「你沒聽過一句話嗎？女人心海底針，就是很善變啊！」

辰砂面無表情、一言不發。

洛蘭笑嘻嘻地說：「辰砂，你條件這麼好，找女人多談談戀愛吧，別年紀輕輕就活得像是性冷感一樣。」

辰砂沒有吭聲，飛車驟然加速，嚇得洛蘭立即抓住扶手。

辰砂把飛車開得像是戰鬥機一樣，引擎咆哮，一路風馳電掣，只用了往常一半的時間就到家。

一個急剎車，飛車停在屋頂的停車坪上。

洛蘭鬆了口氣，正要下車，辰砂突然握住她的手，逼到眼前，「我性冷感？妳要不要試試？」

洛蘭乾笑：「那個……只是一種說話的修辭法，修辭！」她無比鬱悶，真是近朱者赤，近墨者黑，完全就是被封林給害的。

辰砂的身子又往前傾了一點，洛蘭即使頭用力往後仰，兩人依舊距離越來越近，已經能感受到對方的氣息輕拂在肌膚上。

「辰……辰砂，冷……冷靜！」

「我很冷靜。」辰砂眼睛一眨不眨地盯著洛蘭，沒有了以往的清冷，像是一直休眠的火山將要噴發。

這也叫冷靜？洛蘭想哭，「我錯了，不該拿男人那方面來開玩笑。」

「現在……」辰砂又往前傾了一點，聲音十分低沉，「咱倆到底誰性冷感？」

洛蘭竟然不敢再看他，雙手擋在身前，猛地閉上眼睛，「我！」

身前壓迫的氣息驟然散去，她睜開眼睛，辰砂已經消失不見。

洛蘭長吐出口氣。

本來是想笑著告別，沒想到卻激怒了辰砂。不過，他知道她的欺騙後遲早都會生氣，也不差這一點。

＊　＊　＊

洛蘭回到臥室，把房間仔仔細細收拾了一遍。

所有東西物歸原處，看上去和她十一年前第一次踏入這個屋子時一模一樣，只除了床頭櫃上多了一個老舊的黑色音樂匣子。

洛蘭靜靜看了一會兒，輕按一下播放鍵，古老悠揚的歌聲響起：

風從哪裡來
吹啊吹
吹落了花兒，吹散了等待
滄海都化作了青苔

……

洛蘭自嘲地笑，風不知從哪裡來，可最終一切都被無情地吹散了。

她打開個人終端機，把通訊錄好友欄裡一直捨不得刪除的「千旭」刪除了。

個人終端機詢問：確定刪除嗎？

洛蘭毫不猶豫地點擊了「確定」。

她也沒有想到世間事會如此荒謬。他死了，她念念不忘；他活了，她卻想要忘得一乾二淨。

洛蘭最後看一眼自己居住的地方，目光從黑色的音樂匣上一掃而過，沒有絲毫留念地離開了。

身後歌聲蒼涼哀傷。

風從哪裡來
吹啊吹
吹滅了星光，吹散了未來
山川都化作了無奈

……

葉玠住在斯拜達宮專門招待貴賓的地方，距離指揮官的宅邸不算近，可也不算遠，步行半個小時就能到。

＊　＊　＊

洛蘭沿著林蔭道不緊不慢地走著。

過去十一年的人生就要被她拋在身後，她的心情卻出奇地平靜，似乎無喜無怒、無愛無恨，既不害怕，也不期待。

洛蘭站在葉玠的門前。

房屋的中央智腦感應到她，自動響起代表有客來訪的「叮咚」聲。

葉玠早料到洛蘭會來，幾乎立即就打開了門，笑瞇瞇地把她請進屋裡。

洛蘭打量了四周一眼，「我剛來阿麗卡塔時就住在這裡。」

「那時候是什麼感覺？」

「茫然、緊張、害怕、孤獨。六位公爵都不願娶我，只好抽籤決定新郎。我暗暗祈禱，希望能碰到一個容易相處的丈夫。」

葉玠眼中掠過哀傷，張開雙臂，似乎想要擁抱一下洛蘭。

洛蘭往後退了一步，冷冷看著葉玠。

葉玠也沒有勉強，順勢做了個邀請的動作，微笑著說：「別客氣，請隨意。」

洛蘭問：「可以隨意說話嗎？」

葉玠抬起手腕，點了一下個人終端機，「可以短時間內干擾聲波傳送，不管是監聽，還是異種的異能，都會被遮蔽阻斷。」

洛蘭嘲諷：「你的作案工具倒是很齊全。」

葉玠好脾氣地聳了聳肩，笑嘻嘻地說：「妳以為辰砂、紫宴的個人終端機上沒有安裝嗎？」

洛蘭看到客廳正中間放著一個畫架，走了過去，「你會畫畫？」完全無法想像龍血兵團的龍頭業餘愛好是畫畫，還是這種古老的紙張水彩畫。

「釋放壓力的方法，就像妳會做飯。」

葉玠站在洛蘭身旁，和她一起看向畫架上的畫——

一株樹冠盛大的胡桃樹，樹後有一棟兩層高的木屋。洛蘭穿著白色的羊絨裙，黑色的短靴，戴著手套，正在撿胡桃。葉玠跟在她身旁，一隻手提著木桶，裝撿起的胡桃，一隻手正要把一塊剝好的胡桃餵給她。

洛蘭覺得畫面上的一切都透著似曾相識的熟悉親切，「這是真實發生過的事嗎？」

「真的。妳用撿來的胡桃做了胡桃鬆餅，很好吃。」

洛蘭喃喃說：「屋子是我喜歡的樣子，樹也是我喜歡的樣子。」

她曾經計畫和千旭一起存錢買的屋子就是這個樣子，屋子旁邊要有一棵高高的樹。難道她憧憬期待的一切，都是以前的她已經擁有的？

葉玠問：「妳的選擇是什麼？」

「我想恢復記憶。」

「還想殺了我為千旭報仇嗎？」

洛蘭苦澀地搖搖頭：「我錯怪了你，千旭的死和你無關。」

葉玠安撫地拍了下洛蘭的肩膀，「我知道妳很難過，但相信我，等妳恢復記憶，一切都會過去。」

洛蘭看上去很鎮靜，聲音裡卻流露出若有若無的脆弱：「我會忘掉在阿麗卡塔的記憶嗎？」

「不會。」

葉玠用食指從顏料盤裡抹了一點大紅色的顏料，給洛蘭看，「妳現在的記憶就像這點紅色的顏料，鮮艷明媚，奪人目光，讓妳只能看到它。」

他指指畫架旁洗筆的水晶缸，裡面是大半缸藍綠色的水，「這是妳過去的記憶。從妳的出生開始，童年、少年、青年，裡面有父母、有親人、有戀人、有朋友、有敵人，有念念不忘的喜悅、有刻骨銘心的悲痛，是妳之所以成為妳的所有原因。」

他把被顏料染紅的手指放在水晶缸裡緩緩攪動，顏色一點點溶解在水中。不一會兒，他手指上的紅色完全消失不見，水晶缸裡的水卻依舊是藍綠色，一點都沒改變，就好像那抹鮮艷明媚的紅色從來沒有存在過。

葉玠端起水晶缸，遞到洛蘭眼前，「妳現在的記憶依舊存在，只不過，它們和妳本來的主體記憶相比，沒有源頭、沒有因由，十分渺小。不管是喜悅，還是悲傷，都會被妳的主體記憶稀釋，妳的感受不會再那麼深刻，甚至會變得無關痛癢。」

葉玠想了想，「大概就像一場夢，不管夢裡多麼身歷其境、驚心動魄，夢醒後都了無痕跡。」

洛蘭定定地看著。

原來……竟然是這樣！

千旭就是這樣溶解消失在殷南昭的生命中的吧！

曾經的一切並不虛假，全都真實地存在過，只不過，就像那一點濃烈熾熱的紅色溶解到了一缸藍綠色的水中，就算依舊存在，也會變得像是不存在一樣。

洛蘭譏嘲地笑。等她找回記憶，駱尋也會就這樣溶解消失，她和殷南昭倒是誰也不欠誰了。

葉玠把水晶缸放下，拿出注射劑。

他凝視著洛蘭，微笑地攤開手掌，示意她把手遞給他，「很快，我們就要慶祝真正的重逢。」

洛蘭緩緩向他伸出手。

「叮咚、叮咚……」

門鈴聲突然急促地響起，洛蘭心中一驚，下意識就要縮手，被葉玠一把抓住。

洛蘭掙扎著說：「有人……」

「不用管！」葉玠抬手就要幫她注射藥劑。

「砰」一聲，門被踢飛，一道黑影疾掠，以雷霆萬鈞之勢飛撲過來。

葉玠不得不迅速藏起注射器，把洛蘭護到身後，揮手擊向突然闖進來的人。

對方未退未避，可他盛怒下的全力一擊猶如泥牛入海，竟然連一絲漣漪都沒有激起。

葉玠心中震驚，定了定神，譏嘲地問：「執政官閣下，破門而入就是奧丁的待客禮節嗎？」

執政官淡淡地說：「事有輕重緩急，我們必須把保護聯邦公民的生命安全提到首要位置，避免遊樂園事故的再次發生。」

葉玠無奈，緩和了語氣：「我們兄妹只是在聊天。」

「上一次，你們只是在遊玩。」執政官不為所動，看向洛蘭，「公主，我送妳回去。」

洛蘭低頭站在葉玠身後，不言也不動，就好像完全沒聽到執政官的話。

葉玠的心情驟然好了許多。他知道今天不可能幫洛蘭注射藥劑了，側身讓開，「洛蘭，妳先回去，我們下次再聊。」

洛蘭仍然沒有反應。

執政官以為葉玠對她做了什麼，猛地抓住洛蘭的手。

洛蘭霍然抬頭，一雙眼睛亮如星子，顯然神志很清醒。

執政官立即鬆開她的手，「走吧！」

＊　＊　＊

空曠的林蔭道上。

洛蘭跟在執政官身後，沉默地看著他的背影。

執政官放慢了腳步，「下次要見葉玠，叫辰砂陪妳。」

「那是我從小一起長大的哥哥，閣下到底在懷疑什麼？」洛蘭也放慢腳步，只肯看他的背影。

「不是我懷疑什麼，而是遊樂園的事故表明他有可能威脅到妳的生命安全。」

「遊樂園的事故只是一個意外。這裡是斯拜達宮，我是A級體能者，葉玠不可能無聲無息殺了我。再說，殺我對他有什麼好處？他活膩了找死嗎？」

執政官停住腳步，「公主想說什麼？」

「我想說……」洛蘭也停住腳步，「你！少管閒事！」

執政官轉身，盯著洛蘭，冷冷警告：「公主，請注意妳的言辭態度。」

洛蘭一步步走到他面前，仰頭看著他，挑釁地說：「我就這態度！你打算怎麼辦？殺了我，還是立刻揍我一頓？」

執政官沉默，冰藍色的眼睛裡沒有一絲情緒。

洛蘭的囂張氣燄慢慢地沉寂下去。

距離這麼近，咫尺之間、聲息可聞。

可是，距離又那麼遠，遠得不知道該怎麼才能看清楚他。

她努力地看了，但只有一張沒有表情、泛著冰冷金屬光澤的面具。

洛蘭像是被蠱惑了一般，伸出手想要再次摘掉他的面具。

指尖剛觸到面具，執政官就抓住了她的手腕，「是我的寬容誤導了妳嗎？讓妳覺得可以為所欲為、隨意冒犯我？」

洛蘭的手腕被捏得很痛，她用盡力氣都沒能掙脫，氣得抬腳踢向執政官。

執政官用腳尖勾住她的小腿，往前輕輕一拖，手同時鬆開。洛蘭猝不及防，後仰著摔倒在地。

她完全沒想到執政官會還手，傻了一會兒，忽然呵呵地笑起來，笑得眼淚都要流下來。

她的千旭不可能這麼對她！

她到底在幻想什麼?以為是變魔術嗎?上次揭開面具不是千旭，這次揭開面具就會變成千旭?

執政官呵斥：「起來!」

洛蘭用手遮住濡濕的眼睛，像個無賴一樣躺在地上一動不動，「滾!」

「妳說什麼?」

「我叫你滾!滾得越遠越好!」

執政官下令：「拘捕，送去監獄。」

兩個警衛兵突然出現，一邊一個，抓住洛蘭的手臂，把她從地上拎起，拽向不遠處的巡邏車。

洛蘭怒問：「我犯了什麼罪，你憑什麼拘捕我?」

「就憑我是執政官，妳對我不敬。」

洛蘭死死地瞪著執政官。她對他不敬就要關進監獄，那他呢?他對她做的事算什麼罪?

執政官袖手而立，漠然地看著她，面具臉上沒有一絲表情。

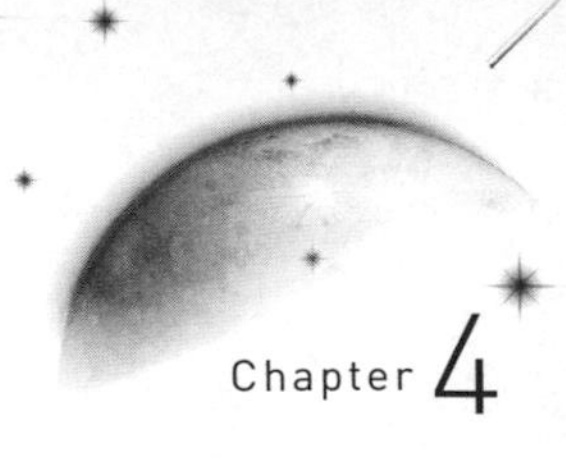

Chapter 4

謊言之上

她並沒有想像中的恐懼，
反而有一種塵埃落定的釋然，終於不用再活在謊言欺騙中了。

辰砂停下腳步。

顯然，在這個監獄裡，洛蘭已經獲得了尊重和地位。

隔著老遠，辰砂就看到一堆犯人圍著洛蘭。

他嚇了一跳，急忙快步走過去，卻看到一個犯人認真地記錄，一個犯人在幫洛蘭維持秩序，別的犯人都眼巴巴地等著洛蘭幫他們看病。

來的路上，他一肚子擔心。雖然洛蘭的性格很隨遇而安，體能訓練時也很能吃苦，但畢竟是公主，從小養尊處優，生活的環境很單純，從沒有接觸過罪犯，肯定無法適應監獄的環境，很有可能被其他犯人驚嚇到。

可是，完全沒想到，這個女人像一株長在荒原上的野草，十分堅韌頑強，似乎不管把她丟到哪監獄。

裡，她都會生根發芽、茁壯生長。

辰砂站在一旁，靜靜地看著。

不知道為什麼，明明四周亂糟糟的，心卻越來越寧靜，像是終於找到了安放之處。

一直懸掛在頭頂的利劍依舊在，但他似乎不再害怕它掉下來了。如果他的妻子是她，即使有一天他異變了，她也肯定有能力應付。

辰砂一直等到洛蘭幫最後一個犯人看完病才走過去。

洛蘭似乎很不好意思又給他添了麻煩，抓抓頭髮，抱歉地笑：「你是來……探監？」

辰砂無奈，「我來接妳回家。」

「哦！」洛蘭急忙收拾好東西，跟著他離開了監獄。

＊　＊　＊

上了飛車，洛蘭看到紫宴竟然在，詫異地問：「你怎麼來了？」

紫宴摸著下巴，瞇著桃花眼，裝模作樣地上下打量她，「來圍觀聯邦歷史上第一個因為對執政官不敬而被關進監獄的稀有物種。」

洛蘭坐到他身旁，「你怎麼不去圍觀聯邦歷史上第一位因為不敬罪把人關進監獄的執政官啊？那不是稀有物種，是要絕種的物種。」

紫宴大笑，對辰砂說：「精神這麼好，看來在監獄裡過得不錯。」

辰砂沒有吭聲，啟動飛車，手動駕駛飛行。

紫宴興致勃勃地問：「第一次進監獄，怕不怕？」

洛蘭齜牙咧嘴地做了個鬼臉，「不怕。」

因為她不是第一次進監獄了。何況獄警都知道她是指揮官的夫人，一直客客氣氣的，給她安排的牢房也是單人間。她什麼苦頭都沒吃，只是勾起了一些不太好的回憶。

紫宴十分好奇：「妳到底對執政官做了什麼？」

辰砂也想知道。他問過執政官，執政官輕描淡寫地說，只是找個理由拘禁公主四十八小時，減少她和英仙葉玠的接觸，避免再發生遊樂園的事故。

洛蘭滿不在乎地說：「人與人之間有了衝突能做什麼？不就是動嘴之後再動手唄！」

「什麼？妳和執政官打架？」紫宴的聲音變了調，一臉匪夷所思。

辰砂也霍然回頭看向洛蘭，眼中滿是震驚。

洛蘭指指車窗前面，提醒他注意安全，「你是手動駕駛。」

紫宴質問：「妳真的對執政官動手了？不是開玩笑？」

「動了又怎麼樣？反正……我又打不過他。」

紫宴第一次覺得洛蘭的腦子裡都是福馬林溶液，疾言厲色地訓斥：「這不是能不能打贏的問題。只要妳動手了，就算襲擊，甚至刺殺。執政官可以不和妳計較，但如果被其他人看見，就算當場擊斃妳都是合法的。英仙洛蘭，妳是活膩了找死嗎？」

洛蘭沉默不語。

飛車內，氣溫好像驟然降了十度。

紫宴瞟一眼冰山一般的辰砂，按捺住所有心緒，閉上了嘴巴。就算洛蘭做了蠢事，也輪不到他教訓她。

＊　＊　＊

回到斯拜達宮。

紫宴若無其事地下了飛車，笑嘻嘻地和辰砂道別，風度翩翩地離開了。

飛車內只剩下辰砂和洛蘭。

洛蘭看他一動未動，沒有下車的意思，暗嘆了口氣，「你想罵就儘管罵吧！」

「我沒想罵妳，只是覺得很意外。」辰砂背對著洛蘭，坐得筆挺，「千旭的死，妳情感上無法接受，可理智上應該明白執政官沒有做錯。我希望妳最近的反常行為和千旭的死無關。」

辰砂回過頭，期待地看著洛蘭，「如果妳是因為別的和執政官起了衝突，需要動手才能解決，我幫妳。訓練場上，我可以正大光明地幫妳揍他，雖然我也打不過他，但總比妳自己動手解氣。」

洛蘭低垂著頭，一聲不吭。

辰砂眼睛裡的光芒一點點熄滅，「就是因為千旭？」

「嗯。」

辰砂轉過頭，一言不發地下了車。

洛蘭佝僂著身子，痛苦地捂住臉。

她以為自己已經想明白了，千旭是千旭，殷南昭是殷南昭。可是，她那樣對執政官其實是心裡依舊想在他身上找到千旭的影子啊！

那些記憶不是說忘就能忘，依舊像指尖的紅色一樣鮮明灼熱。也許，只有找回失去的記憶後，才能把它們稀釋溶解掉。

＊＊＊

第二天清晨。

洛蘭才知道，她在監獄的兩天裡，執政官已經同意葉玠離開奧丁，並且通知了阿爾帝國。現在來接葉玠的飛船已經停在太空港，隨時可以出發。

看來殷南昭打算釜底抽薪，在查不出葉玠的真正目的時，寧可放虎歸山，也不養虎為患。

洛蘭大驚失色，急忙去找辰砂。

她連門都沒敲就直接衝了進去，「上次你說可以安排我回阿爾帝國探親，我想和葉玠一起走，可以嗎？」

辰砂正在穿上衣，立即轉過身子，背對著她，「執政官不同意。」

殷南昭知道她是假公主，會同意她回阿爾帝國探親才怪！

洛蘭想繞到辰砂的面前說話，辰砂看似文風不動，卻總比她快一點，始終背對著她。洛蘭急切下，也沒意識到自己一直繞著辰砂打轉，「為什麼一定要執政官同意呢？你是指揮官啊，總會有辦法吧！」

辰砂一邊扣扣子，一邊說：「抱歉，現在我也不同意。」

洛蘭滿面驚訝：「可是你……你之前說……」

「之前是之前，現在是現在。女人有善變的權利，男人也有改變決定的權利。」辰砂扣好最後一顆扣子，突然站定。

洛蘭下意識地急剎車，搖搖晃地站穩在辰砂面前，愣愣地看著他。原來不只有她會耍賴啊！

辰砂打開衣櫃，拿了一件外套，準備去上班，「現在妳應該還來得及為葉玠送行。」

「什麼？」洛蘭再不敢廢話，疾風一般從辰砂身旁掠過，向外衝去。

「站住！」

洛蘭一個急剎車轉身，急得直跺腳，「幹嘛？」

「妳就穿這個出去？」

洛蘭低頭看看，是睡衣睡褲，「來不及換了。」又向外衝。

眼前突然一黑，頭被一件衣服罩住，辰砂的聲音傳來：「今天最高氣溫十三度，穿上外套。」

洛蘭取下頭上的衣服，發現是辰砂剛從衣櫃裡拿的外套。

「謝了！」她一邊跑，一邊往身上套衣服。

＊　＊　＊

洛蘭用體能訓練時極限挑戰的速度，一路狂奔，趕到葉玠住的地方。

葉玠正準備上飛車。

「等一下！」洛蘭氣喘吁吁地衝過去。

飛車周圍有四個便衣特警，葉玠左右兩邊是紫宴和棕離。這陣勢哪裡是歡送客人離開？完全就是押解出境！

葉玠盯著洛蘭沒有說話，紫宴卻是睇著桃花眼，吹了聲口哨，「今年的新時尚？睡衣外穿，男士外套。」

洛蘭顧不得解釋，掃了眼臉色陰沉的棕離，對紫宴討好地笑，「能讓我和葉玠單獨說幾句話嗎？」

「可以，不過我們趕時間，就在這裡說吧！」紫宴拽著棕離，走到車尾，十分大方的樣子。

洛蘭鬱悶，這算單獨說話？紫宴的異能是聽力，別說這點距離，就算再十倍遠，他也能聽得一清二楚，真是奸詐狡猾的間諜頭子，得了便宜還要賣乖。

葉玠卻好像完全不在意，輕撫一下洛蘭亂蓬蓬的頭髮，「怎麼連頭都沒梳？」

「早上起來，看到封林的短信才知道你要離開。頭沒梳、臉沒洗、牙沒刷，就趕著跑過來了。外套還是臨出門時辰砂扔給我的。」

葉玠微笑著嘆氣，「一別十餘年，未話離別，又要離別。」

洛蘭心裡莫名地有幾分不捨。這個男人外表放蕩不羈，可排遣壓力的方式竟然是安靜地畫畫，說話也文縐縐的，身上滿是矛盾和祕密。

葉玠把一個狹長的金屬首飾盒遞給她，「上次妳出嫁，時間太倉促，我沒來得及趕回去送妳，這就算我補給妳的結婚禮物吧！」

洛蘭握住首飾盒，詢問地看著葉玠。

葉玠猛地把她拽進懷裡，在她耳邊細聲叮囑：「照顧好自己。女孩子脾氣別那麼大，該服軟的時候就服軟，不要仗著體能好就總想靠拳頭解決事情，不是每個人都會像我一樣讓著妳……」

藉著兩人身子的遮掩，葉玠的手指在洛蘭的掌心裡寫：「最後的藥。」

葉玠放開洛蘭，雙手握住她的肩膀，眼睛一眨不眨地盯著她，「我的話，記住了嗎？」

洛蘭點頭。

葉玠伸出小指，洛蘭隱隱約約間覺得好像做過很多次，自然而然地也伸出了小指。

兩人勾住彼此的小指，翹起大拇指，碰到一起，用力按了一下。

「盟誓之親。」葉玠笑著放開了手，朝飛車走去，瀟灑地對紫宴揮揮手，「可以走了。」

棕離徑直走到洛蘭的面前，命令：「打開盒子。」

「棕離！」洛蘭緊緊地握著首飾盒，怒氣沖沖地說：「你不要太過分，我可不是你的犯人！」

「洛蘭，既然棕離部長想看，就讓他看一眼。」葉玠倚著飛車，一派風流公子的閒適。

洛蘭打開盒子，是一條項鍊，水滴形狀的藍寶石掛墜，色澤瑩潤清透、完美無瑕，就像是用水的精魄凝聚而成。

棕離拿起首飾盒，先仔細檢查一遍首飾盒，再拿起項鍊。

葉玠笑眯眯地說：「這顆寶石叫海妖淚，一年前我在阿爾帝國的拍賣會上看到，覺得很適合洛蘭，就買下了。」

棕離看到項鍊的搭扣上篆刻著兩個小小的字「洛蘭」，不可能倉促間拿出，的確是精心準備的禮物。他把項鍊放回首飾盒，還給了洛蘭。

葉玠對洛蘭豎豎大拇指，上了飛車。

洛蘭雙手握著首飾盒，目送兩輛飛車陸續起飛，消失在天空。

＊　＊　＊

林間小道。

洛蘭雙手插在寬大的外套口袋裡，安步當車地走著。

在監獄時，個人終端機被沒收，不能聯繫外界，不能上星網，也沒有任何消遣娛樂活動。夜深人靜時，她會忍不住回想起上一次被關進監獄的事。

過去和現在，穆醫生和葉玠的面孔不停地交替出現。

當年，穆醫生說自己對洛蘭公主一往情深，還給她看了不少圖片資料，騙得她深信不疑。現在，葉玠又說深愛著她。

真的能相信葉玠嗎？

洛蘭不知道，但是，不相信他又能相信誰呢？

至少——

在岩林裡，她設計的死局中，他寧可自己受傷也要保護她。

生死關頭，他願意把只能容納一個人的縫隙留給她。

當她廢掉他雙臂時，他明明可以殺了她，卻沒有。

為了送藥給她，他孤身犯險來到奧丁聯邦。

洛蘭穿過寂靜的樹林，站在了湖邊。

工作日的清晨，湖邊沒有一個人，只有幾群水鳥雙雙對對地游來游去。

洛蘭找了個隱蔽的角落，坐在湖邊的石頭上，呆呆地看著那些成雙成對的鳥兒翩躚來去。

半晌後，她低頭看著水裡倒映出的女人。

身上套著不合身的男式外套，一頭長髮沒有梳理，亂蓬蓬地披在肩頭。因為常年待在實驗室裡，少見陽光，皮膚偏白，透著清冷。可大概因為體能好，眼睛黑亮、嘴唇紅潤，臉上又總是帶著幾分盈盈笑意，那份清冷就被壓了下去。可這會兒，漆黑的眼睛裡滿是哀傷，緊抿的雙唇透著緊張，整張面孔看起來竟然有幾分陌生。

洛蘭輕聲問：「我到底是誰？」

水中的倒影也動了動嘴唇，卻沒有回答她的問題。

洛蘭拿出精美的首飾盒，取出藍寶石項鍊，戴到脖子上。

她把首飾盒翻來覆去看了一遍，又敲又捏又砸，都沒有異狀。

洛蘭想起盟誓之親，葉玠最後向她告別時，豎著大拇指。

洛蘭看看自己的大拇指，又看看首飾盒。

原本嵌放藍寶石墜子的地方微微凹陷，恰好是拇指大小。

洛蘭看了眼四周，確定沒有人。

她把大拇指摁下去，密碼鎖讀取完指紋，咔嗒一聲，夾層打開，露出了藏在裡面的注射器。注射器上有一行小字，「最後一支，盡快注射」。

幾秒鐘後，字跡消失。

洛蘭小心翼翼地取出注射器，緊緊地捏在手裡。

她想起一句古老的話，「我扼住了命運的咽喉」。她的命運現在就握在自己手裡，只要把藥劑注射進身體，丟失的幾十年記憶就會回來，她就是另外一個人了。

十一年濃墨重彩的記憶會消融，甚至消失。

在千旭殺死了自己後，她也要殺死自己了。

她和殷南昭倒是誰也不欠誰！

洛蘭看向水裡的女人，衝著她緊張地笑了笑，深吸一口氣，大拇指按住注射器頭，插向自己的手臂。

一塊碎石子突然急速飛來，砸到她手臂的關節處。洛蘭的手一麻，注射器掉到地上。

她忍著痛急忙去撿，一個人已經出現在她身邊，先她一步撿起了注射器。

「這是什麼？」執政官質問。

「還給我！」洛蘭想去搶。

執政官另一隻手抓住了她的手臂，怒問：「葉玠給妳的究竟是什麼？妳為什麼要幫自己注射？回答我！」

洛蘭咬著牙不吭聲，像是瘋了一樣連踢帶打，一心只想搶回藥劑。

兩人體能相差懸殊，執政官不想傷到她，只能左閃右避。

洛蘭卻雙目發紅，攻擊的動作越來越狠，就好像他們是生死仇敵，一定要決出勝負，要麼她死，要麼他亡。

執政官猛地揮手，把注射器扔了出去。

一道弧線劃破天際，落入湖中，驚起一群水鳥，嘎嘎叫著飛向天空。

洛蘭終於停止了瘋狂的攻擊，難以置信地看著漣漪從湖面中央一圈圈蕩向岸邊。

不一會兒，她像是突然反應過來，縱身一躍，就要跳進湖裡。

執政官急忙拽住她，「湖底水流湍急，不可能再找到。」

洛蘭拚命掙扎，聲嘶力竭地尖叫：「放開我！放開我……」

執政官一隻手竟然拉不住她，只能兩隻手從背後環抱住她。洛蘭又踢又踹，甚至又咬又掐，卻始終掙脫不了。

「那是最後一支藥！放開我……求求你，放開我……」洛蘭的眼淚滾滾而落，聲音裡滿是絕望。

此情此景，似曾相識。

岩林裡，斷了一隻手臂、鮮血淋漓的她也這樣悲痛絕望地哀求過他。執政官抱著洛蘭的手不自禁地在發顫。

洛蘭突然掙脫了他的束縛，飛撲向前，跳進湖裡。

執政官立即緊跟著也跳進了湖裡。

像上次一樣，沒有辦法阻止她，只能束手無策地看著她為一點渺茫的希望用盡全力掙扎。

洛蘭一次又一次浮出水面吸氣，一次又一次潛入水底，卻一直沒有找到注射器。

她換了一個地方，繼續一次又一次往下潛。

湖水的溫度很低，大概只有六七度。湖底水流湍急，洛蘭長時間憋著氣在湖底游來游去，臉色越來越蒼白，嘴唇漸漸變成烏紫色。

她又一次浮出水面吸氣，想要再次潛進水底時，執政官抓住了她，把已經精疲力竭、連反抗的力氣都沒有了的洛蘭強行帶上岸。

「放，開，我！」

洛蘭的眼神沒有焦距，身體一直不停地打哆嗦，頭髮濕漉漉地貼在臉上，連睫毛上都是水珠。

執政官怒問：「妳的命就這麼不值錢嗎？為了一隻野獸可以豁出性命，為了一管藥劑也可以豁出性命？」

洛蘭沒有溫度地看了他一眼，冷冷地說：「我叫你放開，不是想再跳進湖裡，而是，我非常討厭你！不想讓你碰到我！」

執政官身子驟僵，緩緩鬆開了手。

洛蘭站起，腳步虛浮地離開。

執政官說：「我叫車送妳回去。」

洛蘭像是沒有聽到一樣，完全不理會。

執政官語氣懇切，「我不知道妳說的最後一支藥是什麼意思，但不管什麼藥都可以再重新配製。」

洛蘭冷笑。如果那麼容易重新配製，葉玠何必冒著生命危險來阿麗卡塔送藥？葉玠一再強調是最後一支，叮囑她盡快注射，肯定有他的理由。

執政官一直尾隨在她身後，「妳告訴我是什麼藥劑，我來想辦法……」

洛蘭面如寒冰地回過身，抬手指著執政官，「殷南昭，你聽著！我不想再看見你！我的事不勞你操心，我和你沒有任何關係！沒有任何關係！」

洛蘭聲嘶力竭地喊出「沒有任何關係」時，執政官立即停住了腳步。

他沉默地看著洛蘭，身軀筆直、孤立如劍。

也許因為全身上下都是水，連面具上都是一顆顆水珠，他的臉不再像金屬一般冰冷無情，反而瀰漫著一種莫名詭異的哀傷。

洛蘭擦了一把臉上的水珠，頭也不回地大步走進了冰冷刺骨的秋風中。

走著走著，她的眼淚難以控制地簌簌而落。

十一年前，她在四野荒蕪的高原上醒來時，就是這種感覺——害怕、茫然、悲傷、恐懼。

她想揮別過去，重新開始新的人生。可是，恢復記憶的藥劑沒有了，失去的記憶很有可能再也找不回來了，她該怎麼辦？

葉玠阻止她後退，不允許她留在奧丁聯邦；殷南昭卻阻止她前行，不允許她離開奧丁聯邦。她被他們兩個人逼得已經無路可走。

恍恍惚惚間，洛蘭一直不停地走著，直到看見辰砂，她才心神一懈，暈了過去。

＊ ＊ ＊

半夜裡，洛蘭因為口渴醒來了。

她翻身坐起，想去找水喝，一杯水已經遞到手邊。

洛蘭看是辰砂，接過杯子，一口氣喝了大半杯，才覺得舒服了一點，「謝謝！」

她把杯子放到床頭櫃上，疲憊地問：「我怎麼會睡了這麼久？」

「醫生說妳情緒失控，幫妳注射了鎮靜心神的藥劑。」

洛蘭勉強地笑了笑：「怪不得覺得全身軟綿綿的，提不起力氣。」

「執政官明明已經下令驅逐英仙葉玠離開奧丁，可今天早上突然又改變了決定，要紫宴立即拘捕葉玠。妳知道為什麼嗎？」辰砂坐在椅子上，藏身於黑暗中，看不到他的表情。

「我怎麼可能知道為什麼？」洛蘭的心突突直跳。肯定是因為那管注射劑，讓殷南昭猜到葉玠和龍血兵團關係密切，是敵非友。她緊張地問：「葉玠現在在哪裡？監獄嗎？」

辰砂不答反問：「妳希望他在哪裡？」

洛蘭臉色蒼白，「他是我哥哥，難道你覺得我應該希望他在監獄裡？」她後知後覺地意識到，這件事從一開始就是殷南昭設計的局。

如果殷南昭真不想讓她見葉玠，完全可以把她多關十個小時在監獄裡，等葉玠的飛船離開後再放她出來。可是，那樣他就查不出葉玠來奧丁的真正目的了。他為了逼出葉玠的真實目的，故意給了她和葉玠見面的機會，故意把見面時間控制得很緊迫，讓葉玠沒辦法仔細謀畫，只能倉促應對。

洛蘭雙手抱住膝蓋，痛苦地蜷著身子。好一個魔鬼心殷南昭！原來她根本沒有前行的路，無論如何，她都不可能成功注射那管藥劑。

辰砂的聲音很冷：「妳擔心的事沒有發生。一步之差，紫宴接到執政官的命令時，葉玠的飛船已經離開。」

洛蘭鬆了口氣。葉玠能安全離開，至少她不用心裡負疚了。

辰砂問：「為什麼妳全身會濕淋淋的？」

「……不小心掉進了湖裡。」洛蘭小心翼翼地回答。

「執政官通知我去找妳，究竟又發生了什麼事？」

洛蘭緊咬著唇，還沒想好應該怎麼回答，突然，眼前人影一閃，辰砂就不見了。

洛蘭莫名其妙，不知道發生了什麼事。

過一會兒，外面傳來轟隆隆的聲音。

漸漸地，聲音越來越大，籠罩了整個斯拜達宮。

洛蘭急忙跑出屋外，衝到露臺上，仰頭望去，竟然看到一艘戰艦停在半空中，像是一頭虎視眈眈的龐然巨獸。

天哪！究竟發生了什麼事？

斯拜達宮在奧丁聯邦的重要地位不言而喻，是禁地中的禁地。洛蘭在這裡居住了十多年，還是第一次碰到這樣的事，雖然不知道為什麼，可一定是大事。

「辰砂！」洛蘭緊張地四處張望。

辰砂出現在她身旁，看她衣著單薄，把外套脫下披到她身上，「沒事，是執政官的戰艦，緊急從小雙子星趕來。」

「發生了什麼事？」洛蘭仰望著頭頂的戰艦，困惑地問。

辰砂的個人終端機響個不停，所有人都在發訊息問「發生了什麼事」。

戰艦的艙門打開，一艘小型運輸機從戰艦裡面飛出，降落在執政官官邸的停車坪上，兩個人匆匆走出運輸機。

洛蘭抓住辰砂的手臂，「你看見了嗎？是誰？」

「安教授。」

「安教授？」洛蘭想了想，驚訝地問：「那個著名的基因學教授？執政官的專屬醫生？」

「嗯。」

「執政官為什麼要半夜見安教授？」洛蘭心慌不安，隱隱覺得有超出她預料的事情發生。

辰砂看了眼個人終端機，「安達要見我們，應該會告訴我們原因。」

＊　＊　＊

洛蘭換好衣服，和辰砂趕到執政官的官邸。

封林、紫宴、楚墨……其他六位公爵已經都在了。

安達眼神犀利地掃了眼洛蘭，一板一眼地說：「執政官的病情突然惡化，陷入昏迷。為了盡快把安教授送到，只能緊急調動軍艦護送，抱歉驚擾了各位。」

眾人面面相覷。

洛蘭眼前一黑，差點摔倒，辰砂一把扶住她，她才沒有當眾失態。

封林急切地問：「怎麼會這樣？昨天我見執政官時還好好的。」

紫宴說：「我今天……昨天早上和執政官通話時，聽上去他沒有任何異狀。」

棕離陰沉著臉，質問：「到底發生了什麼事導致執政官昏迷？」

安達木著臉，聲音沒有絲毫起伏，像是智腦的機械聲：「請各位不要胡亂猜測，沒有行刺、沒有下毒、沒有遇到任何惡意襲擊，是執政官自己不小心掉進了水裡。」

百里藍一臉匪夷所思，譏嘲地問：「不小心掉進水裡？你指望我們相信這麼荒謬的事？」

封林的表情也很崩潰，「執政官的身體不是完全不能碰水，只是要避免長時間浸泡在水裡。他是3A級體能，就算不小心掉進水裡，也很快就能起來吧！」

左丘白冷冷地說：「這個理由沒有辦法說服我們相信。」

百里藍附和：「沒錯！當我們白痴嗎？」

安達坦然地看著七位公爵，「編故事才需要邏輯縝密，現實往往就是這麼荒謬。」

眾人啞口無言，因為安達說得對，正因為很荒謬，反倒應該是真的。

楚墨溫和地問：「事出總是有因，到底發生了什麼事？」

安達說：「執政官大清早就離開了，下午快吃晚飯時才回來。他渾身濕淋淋，說自己不小心掉進了湖裡，別的什麼都沒有再說。你們想知道，等他醒來後，可以自己去問他。」

辰砂立即扭頭，目光如利劍，盯向洛蘭。

洛蘭心虛地低下了頭。可是，他們明明早上就分開了，為什麼執政官到下午都沒有換上乾淨的衣服？難道他去湖底尋找注射器了，整整在水裡泡了一天？

百里藍不滿地嘟囔：「你都不敢問，我們哪裡敢多事？」

楚墨輕拍一下他的肩膀，百里藍閉嘴了。

安達像是什麼都沒有聽到，依舊一張殭屍臉，目光從七位公爵臉上一一掃過，「你們可以回去等消息，也可以在這裡等安教授出來。」

大家各懷心思，彼此看了一眼，沒有一個人想要離開。安達也不再多言，轉身上樓。

＊＊＊

會客廳裡。

所有人都坐了下來，耐心地等候消息。

家政機器人滾著輪子轉來轉去，給大家送上熱飲和點心。

辰砂把一杯熱茶遞給洛蘭，冷冷地說：「喝一點。」

洛蘭不敢和他目光對視，惴惴不安地抿了幾口，可手腳依舊冰涼，身子發冷。她往封林身邊坐了坐，輕聲問：「為什麼執政官的身體不能浸泡在水裡？」

封林心煩意亂，說話又急又嗆：「妳說為什麼？日漸腐爛的身體能浸泡在水裡？妳的腦袋長在脖子上只是用來看的嗎？」

「我以為……」洛蘭嘴唇翕動，卻什麼都說不出來。

當時她解開繃帶、揭下面具時，殷南昭的身體和臉的確在腐爛，可因為千旭完全沒有活死人病的症狀，她就以為是殷南昭為了糊弄她，借助藥劑偽裝出身體腐爛的症狀，只是一個誤導她的假象。

就像他在岩林裡偷梁換柱，用真野獸偽裝成千旭變成的異變獸，然後自己親手擊斃真野獸，讓她以為千旭死了。

可是，現在他的確昏迷不醒……洛蘭糊塗了，到底什麼是真，什麼是假？難道殷南昭真的有病？

早在她來奧丁聯邦前，殷南昭已經穿上黑袍、戴上面具，遮蓋住全身，封林他們對他的病也絲毫沒有起疑，他應該的確有活死人病的症狀。

但是，千旭的存在又說明他不僅僅是活死人病，這中間肯定有什麼絕不能讓人知道的隱情，但和她無關。因為在她來奧丁聯邦前，殷南昭就改換身分、化名千旭在封林的研究院治病了。

洛蘭正在焦灼不安地思索，突然聽到百里藍壓著聲音問：「楚墨，你覺得執政官的病到底有多嚴重？不會突然死掉吧？」

「絕不可能！」洛蘭的聲音又尖又細，像是緊繃變調的琴弦，不但把其他人嚇了一跳，也把她自己嚇了一跳。

「我說……」百里藍不滿地看著洛蘭，「這是妳能插嘴的事嗎？辰砂，你幹嘛把她帶過來？她可是阿爾帝國的公主。」

辰砂還沒有說話，封林暴躁地嗆聲：「安達都沒吭聲，你廢話什麼？」

百里藍雙拳對碰了一下，氣勢洶洶地站起來，咧著一口雪白的牙，像頭大黑熊一般獰笑著，滿臉不屑，「想不廢話，來啊！一個A級體能！」

一直置身事外、埋首看書的左丘白抬起了頭，淡淡問：「你在說誰？」

百里藍有點犯怵。雖然左丘白也是A級體能者，看上去永遠安安靜靜、清清淡淡，可從小到大，他在左丘白手裡從來沒占到過一絲便宜，「不是說你！」

楚墨溫和地勸著：「百里，執政官在樓上。」

辰砂已打開安達發給他的訊息，投影在百里藍面前，上面明確寫著要他和洛蘭來執政官官邸。

百里藍看了眼不動如山的辰砂，又看了眼拿著書的左丘白，嘴裡嘀咕了一聲「女人」，悻悻地坐下。

「執政官……」棕離剛張口。

楚墨說：「等安教授。」

所有人都不說話了。

＊　＊　＊

洛蘭心亂如麻，百里藍的話「不會突然死掉吧」一直迴響在耳邊。

本來，她理所當然地認為絕不可能。

開什麼玩笑？殷南昭可是3A級體能！就算身體有些病痛，也肯定能壽終正寢。但是，3A級體能者幾乎不可能昏迷，殷南昭現在卻昏迷了。

如果不是情況危急，安達不會調遣戰艦送安教授來阿麗卡塔。封林、楚墨他們的擔憂都溢於言表，讓洛蘭意識到自己的理所當然太樂觀了。

等待的時間越長，氣氛越凝重。

洛蘭覺得胃痙攣，手緊緊地按壓在胃部，忍受著刀刺般的疼痛。

她以為自己愛的是千旭，恨的是殷南昭，根本不會在乎殷南昭的死活，可真的面對生死時，她突然發現，即使他不是千旭，即使他欺騙了她，她也沒辦法接受他有任何差池。

這一刻，真和假、對和錯都不重要，只有他的生命最重要。

＊　＊　＊

百里藍焦躁地走來走去。

封林端著點心盒子，翻翻揀揀，不停地吃甜食。

左丘白就像是在閱覽室裡，一直專心致志地看書。

棕離慢條斯理地擦拭著他的武器匣，把巴掌大小的武器匣擦得光可鑑人。

紫宴心無旁騖地用塔羅牌搭建塔羅牌屋。

只有楚墨和辰砂一直平靜地坐著，就像是剛剛坐下來才開始等候一樣。

百里藍突然站定，試探地問：「天馬上就亮了，要不……上去看看？」

沒有人說話，百里藍一咬牙，就想往樓上衝。

安教授和安達正好一前一後地走了下來。

所有人都站起來，尊敬地打招呼。

安教授微笑著說：「各位不用擔心，執政官已經沒事了。」

氣氛一下子輕鬆了，洛蘭的胃也一下子不疼了。

紫宴打著哈欠，伸了個懶腰：「我回去補眠了。」

百里藍看看時間，鬱悶地說：「我要趕去辦公室開會，討論能源星的開發計畫。」

左丘白笑了笑，安慰他：「我今天有兩個庭審，三個會議，還要接受一個採訪。」

……

一群人嘻嘻哈哈、說說笑笑，陸續散去。

楚墨、封林和安教授在工作中常常接觸，平時關係就不錯，自然要留下打個招呼、聊幾句。

洛蘭看辰砂沒有離開，就也順勢留了下來。

一頭亂髮、不修邊幅的安教授笑看著洛蘭，讚許地說：「我看過妳為那個孩子動手術的影片，非常好！我們這幫老傢伙都很期待妳未來的成就。」

洛蘭沒想到傳說中泰山北斗級的人物會關注自己，誠惶誠恐地彎身鞠躬，「謝謝教授的鼓勵，我會繼續努力。」

安教授對封林說：「看看人家多謙虛，不像妳，一點成就尾巴就翹到天上去。」

封林剛才甜食吃多了，這會兒正猛喝黑咖啡。她端著咖啡杯，不屑地撇嘴，「您千萬別被洛蘭的乖巧樣子給騙了，她可是沒有執照就敢動手術的人。我是看上去不聽話，但永遠只會小打小鬧；她則是看上去很聽話，一闖禍就驚天動地。」

安教授不以為然，「那不叫闖禍，那叫有魄力。做研究就是要敢想敢做，妳太墨守成規了。我還要在斯拜達宮住幾天，有機會去妳的研究院看看妳這些年有沒有進步。」

封林急忙放下咖啡杯，一個箭步衝過去，激動地抓住安教授的手，「歡迎，歡迎！」

楚墨關注的卻是另外一個重點：「執政官的病……這麼嚴重嗎？」

安教授笑呵呵地說：「只是保險起見多留幾天觀察一下。他在沒有淨化過的冷水裡浸泡了太長的時間，內臟都受到了影響，但沒有大問題。」

封林難以置信，快言快語地說：「執政官到底在幹嘛？不會是因為無法忍受病痛折磨想自殺吧？要不要找個心理醫生……」

「封林！」楚墨盯了封林一眼，封林立即乖乖閉嘴。

安教授笑瞇瞇地看著楚墨和封林，暗自感慨一物降一物。

辰砂問：「執政官醒了嗎？」

安教授和他十分熟稔，像是長輩對晚輩般慈祥：「還沒有，估計兩三天後才能醒來。你要想看他，就上去吧！」

辰砂往樓上走去，洛蘭下意識地跟在他身後。

安達瞅了一眼，沒有阻止。

洛蘭走進執政官的房間，發現不是想像中溫馨舒適的臥房，而是一間空曠冰冷、像加護病房般的房間。

半透明的醫療艙裡，執政官的身體浸泡在血漿一般的黏稠液體裡，臉上戴著呼吸面罩，氣管和胸腔都切開了，連接著一根又一根粗粗細細的管子。

洛蘭的臉色唰一下慘白，定定地看著醫療艙裡的人。

一直以來，執政官把自己包裹得嚴嚴實實，冰冷的面具就像是一副鎧甲，讓所有人只能看到他臉上是堅硬的金屬，不經意地忘記了面具後的臉也是血肉組成，會痛苦，會虛弱。

「執政官突然發病，是不是和妳有關？」辰砂的聲音冷如寒冰。

「是。」自從辰砂聽到安達說執政官「不小心掉進了水裡」後就一言不發，洛蘭知道他遲早會問。

辰砂霍然轉身，盯著洛蘭，「妳又和執政官發生了衝突？這次是為什麼？因為葉玠？」

「我……是……不是……」洛蘭不知道該怎麼解釋，無力地辯解：「我不知道會這樣。」

辰砂指著執政官的醫療艙，「他是奧丁聯邦的執政官，是一國首腦，不是妳可以胡作非為的男人！」

洛蘭低聲說：「抱歉。」

「妳對我說抱歉有什麼用？躺在醫療艙裡的人不是我！妳有沒有想過，如果讓別人知道執政官的昏迷和妳有關，妳會面臨什麼？阿爾帝國又會面臨什麼？妳的所作所為已經可以定為死罪！」

洛蘭一聲不吭地看著醫療艙裡的殷南昭。辰砂不知道她早已經是死囚犯，死罪之上再加死罪，也不過一死而已。

辰砂看她表情中隱隱透著苦澀，放緩了語氣：「究竟怎麼回事？」

洛蘭淡若無地笑了一下，「等執政官醒來後，你去問他吧！」

＊　＊　＊

離開執政官的官邸後，辰砂冷著臉去上班了。

洛蘭覺得留在家裡也是胡思亂想，不如去上班。

辦公室裡，她穿著白色的工作服，坐在工作臺前，登錄研究院的資料庫，搜出活死人病的資料仔細閱讀。

雖然不知道殷南昭究竟得什麼病，但顯而易見，他身體上的傷是真實的，痛苦也是真實的。

一個個病例、一幅幅圖片、一段段影片……

洛蘭逐漸理解了這種病的痛苦。

明明活著，卻要承受身體腐爛的痛苦，就好像人還在人間行走，心卻在地獄中承受折磨，所以這種病又被叫作「人間地獄」。

平常人身上只要有一個血淋淋的傷口，就會吃不好、睡不好、坐臥不安，活死人病的病人卻是全身上下都是傷口。

現在的治療手段無法根治，只能幫病人延緩身體腐爛的速度。因為過於痛苦，必須要靠強效止痛藥才能維持生命，可是這對3A級體能者顯然不可能；世間沒有任何一種止痛藥劑能麻痹他們的神經，幫他們緩解痛苦。

洛蘭想起執政官繃帶下的手、面具下的臉，有的地方已經能看到森森白骨，不知道他全身上下還有多少這樣的地方。

洛蘭的胃痙攣抽搐，一陣翻江倒海，忍不住趴在回收箱邊乾嘔。

封林敲了敲虛掩的門，推門進來，恰好看到洛蘭，不禁瞪大眼睛，期待地問：「妳懷孕了？」

洛蘭直起身，無奈地說：「沒有休息好而已，什麼事？」

封林指了指身後年輕漂亮的姑娘，「妳的新病人，紫姍。她很崇拜妳，特意向我請求做妳的病人。」

紫姍眼睛亮晶晶地看著洛蘭，笑容十分甜美，「夫人，您好！」

洛蘭覺得她有點面熟，好像在哪裡見過，可又想不起來，疑惑地看看封林。封林朝她眨了眨眼睛，示意她先不要多問。

洛蘭叫助理過來，吩咐她帶小姑娘去換衣服、做檢查。

等小姑娘走了，洛蘭問：「關係戶？和紫宴什麼關係？」

「紫宴收養的孤兒。」

「養女？」

「她叫紫宴大哥，法律上算兄妹。不知道紫宴搞什麼鬼，正經女朋友沒有一個，卻偷偷摸摸養大了一個女兒，簡直像是在玩真人版養成遊戲。」封林摸了摸手臂，惡寒的樣子。

洛蘭自己的事已經焦頭爛額，沒有興趣關注別人的事，「紫姍是什麼病？」

「不知道。她不肯說，說是只肯告訴自己的主治醫生。」

紫姍做完檢查，跟著助理回來了。

封林拍拍洛蘭的肩膀，「交給妳了，有問題找紫宴。」

洛蘭對紫姍友好地笑笑：「跟我來。」

她領著紫姍走進隔壁的檢查室，「哪裡不舒服？」

「我的皮膚有點異常，腹部出現了鱗片。」

洛蘭一邊看基礎檢查報告，一邊說：「請平躺到醫療床上，給我看一下妳皮膚異常的地方。」

紫姍看屋子裡只剩下她們兩人，門也緊閉著，立即打開個人終端機，撥打音頻通話。

洛蘭耐著性子說：「如果不是什麼急事，晚一點再和朋友通話，可以嗎？我們現在正在檢查身體……」

紫姍把扣在耳朵上的微型耳機遞給洛蘭，示意有人想和她說話。

洛蘭遲疑地接過耳機。

紫姍捂住了耳朵，表示絕不會偷聽。

洛蘭把耳機附在耳邊，竟然是葉玠的聲音：「洛蘭？」

洛蘭嚇了一跳，結結巴巴地問：「你……你……在哪裡？順利回去了嗎？」

「妳一直沒有聯絡我，還沒有恢復記憶？」葉玠的聲音十分陰沉。

「嗯。」

「藥劑呢？為什麼不盡快注射？」

「……不小心丟掉了。」

葉玠沉默著沒有說話，呼吸卻驟然變得沉重。

隔著萬里之遙，洛蘭都感覺到了他壓抑的憤怒，急切地問：「藥是誰配製的？有沒有辦法再配製一管？」

葉玠的聲音冰冷刺骨：「藥是妳配製的！準確地說，是過去的妳配製的。如果現在妳能再配製一管，我會不惜一切代價買下，妳能嗎？」

「是我？」洛蘭喘著粗氣，不願相信卻又不得不相信。

她的人生竟然陷入了一個死循環——她需要藥才能恢復記憶，可只有她恢復了記憶才能知道藥如何配製。

葉玠憤怒地問：「竟然會不小心把藥丟掉？怎麼丟掉的？」

洛蘭回答不出來。

葉玠顯然不相信她的話，悲傷地問：「為什麼要騙我？」

洛蘭沒辦法替自己辯解，只能說：「對不起！」

葉玠冷冷地說：「我不想傷害妳，可妳太讓我失望了，逼我只能不擇手段地摧毀現在的妳。」

洛蘭心驚肉跳：「你想做什麼？」

葉玠沒有回答，直接切斷了通話。

洛蘭焦急地對紫姍說：「幫我再接通葉玠。」

紫姍重新連線，等了一會兒，她搖搖頭，「接不通，號碼已經作廢。」

洛蘭質問：「妳之前是怎麼聯絡上葉玠的？妳和他是什麼關係？」

「我們是朋友。大哥帶我去參加慶賀夫人獲得基因修復師執照的晚宴，葉玠王子邀請我跳舞，就認識了。後來一起出去玩過好幾次。王子離開前給我這個號碼，請我幫個小忙，找機會讓他和夫人通一次話，叮囑我一定要保密。」

洛蘭瞪著紫姍，完全不敢相信她是紫宴養大的孩子。也不對，膽大妄為倒是頗有紫宴的風格，但愚蠢到被人賣了還幫人數錢，絕不是紫宴的風格。

紫姍似乎猜到她在想什麼，笑瞇瞇地說：「夫人，我不是相信王子，我是相信您。我們在阿麗卡塔孤兒院見過，您還幫我補過裙子，那天我的表演很成功。大哥就是因為看了我的演出影片，才決定收養我。」

洛蘭隱隱約約記得有這麼一件事，可完全想不起來任何細節，只記得自己因此遲到了。

不過，後來辰砂一分鐘都不肯等她，千旭帶她去遊樂園玩的事卻記得一清二楚。

紫姍笑著說：「夫人，謝謝您！因為您，我的命運才徹底改變了。」

洛蘭心中一酸，她的命運也徹底改變了。

如果當時她沒有遲到，能跟著辰砂一起回斯拜達宮，就不會和千旭在車站偶遇。千旭也就不會陪她去遊樂園，察覺到她其實並沒打算留在阿麗卡塔。

如果不是千旭察覺了她有異心，企圖離開，也就不會時刻注意她的動向，浪費時間陪她四處遊玩，想讓她喜歡上阿麗卡塔。

如果沒有十年的陪伴，她就不會丟了心……

「夫人，您沒事吧？」紫姍看洛蘭神情恍惚，眼中隱有悲痛，擔心地問。

洛蘭打起精神，笑了笑，「沒事！以後不要再做這樣的事，被紫宴知道了不好。」

紫姍乖巧地點點頭：「我聽夫人的。」

「妳的病……」

「不是假裝。」紫姍撩起衣服，給洛蘭看腹部。

洛蘭仔細檢查完說：「只是局部病變。」

紫姍擔憂地問：「男人不會喜歡皮膚上長著鱗片的女人吧？」

洛蘭無奈，「妳才多大？還沒有成年，擔心這種問題太早了。」

「我二十四歲十一個月了，按照法律規定，還有一個月就成年了。同學們都已經談了好幾次戀愛，我已經是班裡最後一個光棍。」紫姍滿臉鬱悶，好像在說什麼很丟人的事。

洛蘭覺得自己老了，嘆了口氣，安慰她：「別擔心，面積不大，可以手術去除。」

「能介紹最好的醫生給我嗎？還有一個月就是我的成年生日，能在生日前徹底治好嗎？」紫姍紅著臉央求：「我想生日那天對喜歡的人表白，還想和他做愛，希望身體能完美無瑕。」

洛蘭說：「請紫宴帶妳去找楚墨，奧丁聯邦最好的醫生就是楚墨。」雖然殺雞焉用宰牛刀，不過，這樣珍之重之的情感彌足珍貴。

紫姍急忙說：「不要！生病的事能幫我保密嗎？如果大哥來問，夫人千萬不要告訴他。」

洛蘭爽快地答應了，「好，即使他來問，我也不會說。」不過，紫宴想知道一件事可不是靠正常的詢問。

「那楚墨醫生……」紫姍祈求地看洛蘭。

「妳直接去找楚墨吧，我會叫封林跟他打聲招呼，也會叮囑他幫妳保密。」

紫姍眉開眼笑，「謝謝夫人。」

洛蘭微微而笑，溫柔地說：「祝妳表白成功、順利睡到喜歡的人。」

紫姍豎起兩根手指頭，做必勝的手勢：「一定！」

＊　＊　＊

下班後。

洛蘭沒有直接回家，而是去了執政官的官邸。

她站在路旁，眺望著執政官屋子的窗戶。

腦子裡思緒紛雜，心裡的感覺更是難以言喻的複雜。

悲傷嗎？

可又覺得心裡有一份慶幸。

被欺騙、被愚弄、被傷害……都令人痛苦，可無論如何，千旭總是以某種形式依舊活著，沒有徹底消失在這個世界。雖然不再是她的千旭，但是活著本身就值得慶幸了。

喜悅嗎？

可又覺得心裡十分痛苦。

他活著，很好很好。只不過，他的活著和她沒有任何關係了。那些美好時光、那些親密無間、那些甜言蜜語……都埋葬在過去了。

不管怎麼樣，活著總是好的！

就算彼此再沒有關係，能各自安好地活著總是好的。

✷ ✷ ✷

洛蘭沿著林蔭道，走回家裡，看到辰砂站在客廳裡看新聞。

「我回來了。」

她打了聲招呼，辰砂回頭看著她，目光古怪，像是完全不認識她一樣。

洛蘭笑問：「怎麼了？」

辰砂沒有回答，她卻聽到了似曾相識的話語，立即轉頭看向螢幕——

一個女人穿著褐色的囚衣，面色憔悴、眼神呆滯地站在軍事法庭的審判席上。法官正在宣判她的罪名：「……根據所犯罪行，本庭宣判對非法潛入G7基地的無名女士執行第七七七條刑罰，不刺激心理恐懼、不引發生理不適、終止所有生命特徵……」

宣判結束，畫面切換到一艘運輸艇上，她無聲無息地平躺在一個箱子裡，借助黑夜的遮掩，被偽裝成貨物，悄悄運上了飛船。

幾秒鐘的黑屏後，畫面上突然出現阿麗卡塔的太空港。

晴空萬里、艷陽高照，她穿著藍色的公主裙、戴著璀璨的寶石公主冠，儀態高貴、光彩照人地出現在飛船門口。

製作這部影片的人非常懂得用畫面講故事，自始至終沒有一句多餘的解說，可是所有人都看懂了——

死囚和公主、卑賤和高貴、陰暗和光明、邪惡和正義。

前後對比鮮明，成功煽動起人們對騙子的憤怒。

主持人用震驚激動的語氣說：「死囚假冒公主，搖身一變成為奧丁聯邦的指揮官夫人！真的公主去了哪裡？假的公主究竟是誰？有什麼不可告人的目的？究竟是誰策畫了這場驚天陰謀？請關注我們的後續報導……」

洛蘭微微而笑，原來這就是葉玠的報復，壓在她心口的一塊巨石終於轟然落地。

也許因為從葉玠出現的那一刻起，她就做好了謊言暴露的心理準備，現在，她並沒有想像中的恐懼，反而有一種塵埃落定的釋然，終於不用再活在謊言欺騙中了。

辰砂盯著她，面色冷如寒霜，眼神晦澀難明，幾乎一字一頓地問：「新聞是真的嗎？」

洛蘭點了點頭：「我是阿爾帝國的死囚犯，不是洛蘭公主。」

辰砂艱澀地問：「為什麼要冒充公主？」

洛蘭不知道該怎麼回答，就如辰砂以前所說，不管撒謊者有多少無可奈何，歸根結柢都是一己之私、不能原諒。她只能抱歉地說：「對不起！」

棕離帶著一隊荷槍實彈的警察衝了進來。

警察圍住洛蘭，棕離拿著一個空的首飾盒，對辰砂說：「這是英仙葉玠送她的首飾盒，在湖邊找到的。裡面有一個夾層，根據形狀，應該藏著一個注射器，現在注射器不知去向，不知道她勾結英仙葉玠企圖做什麼。」

辰砂看到洛蘭脖子上正戴著那枚水滴形狀的藍寶石項鍊，心口猶如被利劍貫穿，壓抑著痛楚問：「妳和英仙葉玠究竟想做什麼？」

洛蘭苦澀地笑。她和英仙葉玠究竟想做什麼？她也想知道啊！

辰砂突然手握光劍，揮向洛蘭。

眾人失聲驚呼。

一道白光掠過，藍寶石項鍊被割斷，叮噹一聲，摔落在地上。

劍刃停在洛蘭的脖頸上，辰砂臉色鐵青，寒聲說：「我當年說過，如果有一天，妳做了背叛奧丁聯邦的事，我會親手殺了妳。」

棕離急忙抓住辰砂的手臂，「她不是英仙洛蘭公主，你和她的婚姻已經自動作廢。假公主的事我們會處理，現在最重要的是必須查清楚她潛伏在奧丁的目的，指使她的人是誰，這麼多年都做了些什麼。」

辰砂臉色發白，直勾勾地盯著洛蘭，「妳究竟是誰？」

洛蘭抱歉地說：「我不知道。」

辰砂心中哀怒交加，太陽穴突突直跳，額頭兩側都是鼓起的青筋，像是一條條小蚯蚓。手中光劍的劍芒隨著心情的劇烈起伏忽漲忽落，一絲猩紅的鮮血從洛蘭頸上流下。

洛蘭垂目看著光劍，自嘲地笑。十一年努力，看似擁有了很多，可一切都是幻象，轉瞬間就被打回原形。

辰砂性格冷傲，凡事都難以入心，幾乎從不動怒，這是棕離第一次見他發怒，而且怒到失控。棕離心驚膽戰，生怕他真的一劍把洛蘭殺了，「辰砂，她是奧丁聯邦的重罪犯，交給我們處理！」

辰砂的眼神像是慢慢熄滅的火焰，漸漸灰暗死寂，收回了光劍。

棕離如釋重負，急忙把鐐銬鎖在洛蘭手上，親自押送她走向囚車。

＊　＊　＊

剛走出大門，紫宴和封林一前一後匆匆趕到。

封林人還沒有到，就著急地大叫：「辰砂，別相信那些亂七八糟的新聞！洛蘭不可能是騙子，你不能讓他們把洛蘭抓走！」

辰砂沒有任何反應，就像是什麼都沒有聽到。

封林衝到警察面前，擋住棕離，「不許你把洛蘭抓走。」

棕離冷哼：「妳敢公然拒捕？」

「你敢胡亂抓人，我就敢公然拒捕。」封林啟動武器匣，一片片羽毛般的白色晶體浮動在她的身周，恍若突然飄起鵝毛大雪，周圍的溫度都驟然下降。

棕離沒想到封林竟然真要動手，而且是一副要拚命的架勢。他握住武器匣，神情凝重地說：「我沒有亂抓人，她自己已經承認了。」

封林一下子傻了，完全不敢相信地瞪著洛蘭。

洛蘭如吞黃連，五臟六腑都是苦。她抱歉地說：「影片是真的，我不是公主。」

封林不屑地譏笑，鼓勵地對洛蘭說：「妳別怕！只要說妳是真公主，今天誰都別想帶走妳！」

「這麼多年都在騙妳，對不起！」

封林表情詭異，猶如在做噩夢，喃喃問：「妳真的勾結外敵，來奧丁聯邦別有目的？」

洛蘭張了張嘴，卻不知道該怎麼回答。

雖然現在的她什麼都沒做過，可是，過去的她和英仙葉玠的確關係密切曖昧，也的確是懷著特殊目的來到奧丁聯邦。

「啪」一聲，封林狠狠甩了洛蘭一巴掌。

洛蘭半張臉腫了起來。

可是，被打的人沒哭，打人的人眼裡卻都是淚花。

洛蘭沒覺得臉有多痛，心卻被封林的眼淚狠狠刺痛了。如果可以，她多麼希望自己是真正的洛蘭公主，簡簡單單地在奧丁永遠生活下去。

「走！」棕離惡狠狠地推了把洛蘭。

在棕離的押送下，洛蘭繞過封林，繼續往前走。

和紫宴擦肩而過時，棕離譏諷地瞥了一眼紫宴，「真不知道這些年你在幹什麼？一個間諜在你眼皮子底下晃來晃去，你卻一無所知！」

紫宴一言不發，讓到了一旁。

走到囚車前，洛蘭要上車時，下意識地扭過頭，看了一眼自己居住了十多年的房子——曾經被稱作「家」的地方。

辰砂站在大廳裡，背對著她，一直沒有回頭，似乎連再多看她一眼都無法忍受。

封林也依舊站在原地，像根柱子般一動不動。

只有紫宴站在路旁，面無表情地盯著她，視線如利刃，像是要切開她披著的畫皮，看清楚她藏在皮下的真實模樣。

洛蘭對他笑了笑，鑽進了囚車。

轉身間，過往十一年的記憶，都隨著流沙傾瀉而灰飛煙滅。

從這一刻起，她不再是英仙洛蘭。

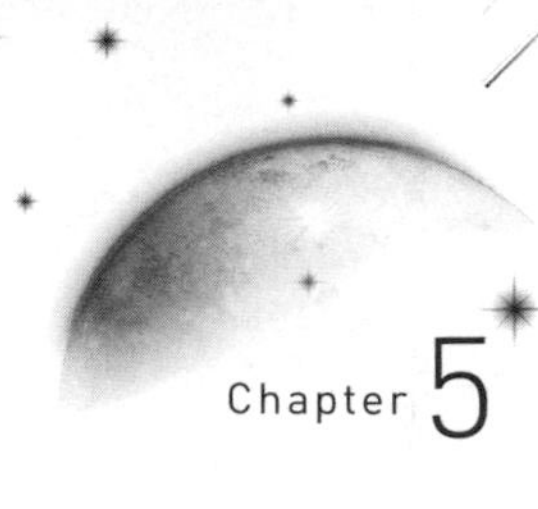

Chapter 5 光明與陰暗

她像是一株太陽花，能把黑暗化作光明，
和她待在一起時，我都覺得更積極開心了。

駱尋剛出監獄沒兩天，就又進了監獄。

不過，這一次的監獄和上一次的監獄截然不同。

上一次監獄裡關押的都是五年以下的輕刑犯，這一次監獄裡關押的卻都是窮凶極惡的重刑犯。

再加上，異種本來就對普通基因的人類有敵對情緒，駱尋又冒充公主，欺騙了整個奧丁聯邦，

不僅獄警憎恨她，連犯人都憎恨她。

從她走進監獄的那刻起，就像是一隻人人喊打的過街老鼠，到處都是憎惡仇恨的目光，一路上

不斷地碰到刁難欺凌。

駱尋知道棕離是故意給她下馬威，讓她吃點苦頭，方便之後審訊時，突破她的心理防線。

獄警們不但自己對駱尋毫不客氣，對犯人們越矩的行為也視而不見。

在獄警的有意縱容下，犯人的行為越來越過分。

駱尋盡力忍受，不想惹事，打算做最配合的犯人。

但是，忍受換來的不是適可而止，而是得寸進尺。

她整理分配給她的床鋪，準備睡覺時，一個胖乎乎的女犯人從背後緊貼著她的身體，把毛茸茸的手伸進她的衣服裡面亂摸。

駱尋大聲求助，外面巡邏的獄警卻裝沒聽見。她沒辦法再忍受，一個轉身，乾脆利落地扭斷了女犯人的手。

一屋子犯人一擁而上，想要打斷她的手腳。

駱尋雖然沒有多少實戰經驗，可訓練她搏鬥的人先是千旭，後是辰砂，她的身手絕對不弱，一番拳來腳往，乾脆利落地把所有犯人都打翻在地。

駱尋剛想申明「人不犯我，我不犯人」的和平相處原則，沒想到手腕上的囚犯手環突然釋放出強電流，她全身抽搐地倒在地上。

牢房門打開，兩個獄警衝進來，連踢帶踹，發洩般地狠狠打著駱尋。

周圍的犯人高喊：「打死間諜！打死間諜……」

其他監牢的犯人完全不知道發生了什麼事，卻都開始跟著一塊兒喊：「打死間諜！打死間諜……」

所有人群情激昂、熱血沸騰，不像是作奸犯科的監獄，倒像眾志成城、同仇敵愾的軍隊。

＊　＊　＊

一個又高又壯的女獄警拽著駱尋的胳膊，像是拖拽貨物一般把她拖到醫療室，對獄醫說：「體能抑制劑。」

獄醫蹲到地上，把一管藥劑注射進駱尋體內，不滿地譏嘲：「妳以為妳是誰？進了監獄還想橫行？從現在開始妳就只是D級體能者了，好好享受監獄生活。」

「這個賤人剛到奧丁時是E級體能，利用指揮官把體能訓練提升到A級，現在竟然反過來欺負毆打我們異種……」獄警越說越惱火，又狠狠甩了駱尋兩巴掌，打得她滿口是血。

駱尋覺得女獄警肯定是退役軍人，辰砂的崇拜者。大概覺得她羞辱了辰砂，對她格外仇視。

駱尋含著血說：「不是我欺負她們，是她們……」

「還敢狡辯？」獄警抬腳就往她腹部踹。

體能抑制劑已經開始發揮作用，駱尋身體的抵抗力變弱，她痛得大張著嘴吸氣，像一條擱淺在岸上將要死掉的魚一樣。

獄醫急忙拉住獄警，「還沒審訊定罪，別打出問題了。」

獄警餘怒未消，直接拽著駱尋的頭髮把她拎起來，拖到一個密閉的漆黑小屋裡。

隱約間，駱尋聽到有人說：「關這裡？不會把她逼瘋吧？」

「咣當」一聲，金屬門關閉。

駱尋鬆了口氣。雖然四周黑漆漆，什麼都看不見，但至少不用再擔心別人的欺凌猥褻了。

✷ ✷ ✷

駱尋全身都痛，卻不敢放任自己繼續躺下去。

她掙扎著爬起來，跪在地上一寸寸摸索四周。

把人關在完全黑暗寂靜的地方，沒有光、沒有聲音，會讓人失去對時間的感知，覺得一切完全靜止。

恐懼和孤獨被靜止的時間放大無數倍，會讓人覺得痛苦沒有盡頭，看不到任何希望，越來越濃烈的絕望最終會把最堅強的人活生生逼瘋。

駱尋知道自己的心理弱點是什麼——

在荒原上，第一次睜開眼睛時，發現自己什麼都想不起來，連自己是誰都不知道，獨自行走了三天三夜，感覺她被整個世界遺棄了。

那是她最大的噩夢！

她怕黑、怕孤獨、怕寂靜，還害怕被遺棄。

獄警刻意沒有告訴她要關多久，加重她的心理壓迫，她必須趁著自己還清醒時，建立時間概念，否則真的有可能瘋掉。

「……10、11、12……」

駱尋心裡一邊計數，一邊用手丈量遊覽著小黑屋。

她用牙齒撕碎衣服，摸索著打成不同的結，放在四個牆壁的拐角處，在沒有任何變化的小黑屋裡刻意營造出變化。

用手遊覽完整個小黑屋，大概花費五分鐘。

駱尋默默告訴自己，不要怕，棕離還沒有審問她冒充公主來奧丁聯邦的目的，遲早要把她放出來，只是五分鐘的倍數而已。

完全的黑暗，完全的寂靜，一切都好像凝固了。

駱尋靠著牆壁安靜地坐著。

她的右手搭在左手上，透過感受自己的脈搏，讓自己不被捲入像是要吞噬一切的黑暗死寂中。

人類總是怕時間流逝，可實際上，時間靜止了才最可怕。

流逝的時間會讓人犯下不想犯的錯誤、失去不想失去的東西，但也意味著變化，有變化才有希望，才有可能彌補犯過的錯，才能擁抱新的開始。

靜止的時間卻意味著停滯，這一刻和前一刻，後一刻和這一刻，永遠都一模一樣，不會有任何變化。

即使永遠重複的快樂都會讓人麻木厭倦，變得了無生氣，更何況看不到盡頭的痛苦？只會讓人絕望。

駱尋覺得自己撐不住時，就給自己找點事做。

她雙膝著地趴在地上，像第一次一樣在黑屋子裡遊逛。每到一個角落，就拿起先前打好的結，摸索著慢慢解開，再摸索著慢慢繫回去。

不同的結，不同的地方，有「四個商場」可以逛呢！

而且，她現在多了個解結的動作，時間要比五分鐘多，實際時間比她計算的時間過得要更快。

就像有的人會用刻意調快的鬧鐘來欺騙自己早起，駱尋也給自己一個小小的希望——時間比自己以為的過得更快。

一個五分鐘、兩個五分鐘、三個五分鐘……

議政廳裡，眾人唇槍舌劍，為如何處理假冒公主的事吵了一個早上，依舊沒有結果。

一直默不作聲的辰砂突然站起，向議政廳外走去。

大家看著他的背影，安靜了一會兒，立即又吵起來。

✷ ✷ ✷

辰砂經過大廳時，聽到自己的名字被頻頻提起。

一群人正盯著牆上的大螢幕看新聞，一邊看，一邊竊竊私語。

突然，他們發現自己議論的對象就站在他們身後，急忙臉色尷尬地四散離開。

螢幕裡正在重播今天清晨的新聞，聯邦政府的新聞發言人就「真假公主」事件向全星際發表官方聲明。

「……假公主已經承認冒名頂替洛蘭公主，聯邦政府宣布，指揮官辰砂和假公主的婚姻無效，所有法律關係即時終止，任何假公主用欺騙手段獲取的相關權益也全部廢止……事件發生後，聯邦政府已經依法拘捕了假公主，對事件展開深入調查……」

新聞的聲音開得很小，幾乎低不可聞，可辰砂的聽力太好，字字都如雷鳴，響徹耳邊。

辰砂轉身，從後門離開了議政廳。

他坐在空無一人的臺階上，眺望著遠處的空曠草地。

當年婚姻的開始不由他決定，現在婚姻的結束也不由他決定。從開始到結束，他似乎都是個無關緊要的局外人。

十一年前，他對她一無所知；十一年後，他對她依舊一無所知。

紫宴悄無聲息地坐到他旁邊，晃了晃手中的塔羅牌，「先生，看你烏雲罩頂、諸事不順，要不要卜算一卦？」

辰砂連看都懶得看，「誰會信這個？」

「我啊！」紫宴一本正經，「卜算算的是各種可能性的概率，你在戰場上不也是要計算各個策略的概率嗎？」

「有時候也得靠直覺。」

紫宴贊同地點頭：「人生，有時候也是運氣。」

辰砂問：「查出影片來源了嗎？」

「沒有。阿爾帝國現在也是一團亂，皇帝下令成立專案調查組，由皇儲英仙邵靖負責，正在全力追查，已經把約瑟將軍拘禁了。」紫宴屈著食指，一下下彈著塔羅牌，「能拿到軍事法庭的祕密審判影片；能避開所有檢查把死囚弄出監獄；能悄無聲息地把人送上飛船；還能神不知鬼不覺地替換掉公主，可不是一般人能做到的。」

「查一下英仙葉玠。」

「已經在查了。」紫宴想了想，「我總覺得執政官知道什麼，希望他能盡快醒來。」

辰砂默不作聲。

紫宴把塔羅牌夾在指間，漫不經心地把玩著，「那個女人……你的直覺告訴你她是間諜嗎？」

「證據是什麼就是什麼。」辰砂語氣冷淡，似乎完全不關心。

棕離的聲音從他們身後傳來：「執政官的昏迷要是和她沒有關係，我把名字倒著寫！」

「其實，她第一次獨立做基因修復手術時，我就覺得有點怪，因為她真的技巧太嫻熟了，完全不像是一個新人。」楚墨從臺階下走上來，站在辰砂身側，「我記得當時就和你說過。」

辰砂不吭聲。

但在場的三個男人都知道，那次他為了幫那個女人，幾乎賭上自己的職業前途，不可能忘記。

楚墨說：「影片裡說她因為盜竊基因罪被判處死刑，證明她以前就具備一定的基因學知識，很擅長基因犯罪。」

棕離的聲音裡滿是憤怒不甘：「我早說了她不可信，你們當年卻投票同意她加入研究院，簡直就是打開自家大門，歡迎一隻碩鼠進糧倉。」

楚墨擔心地看了眼辰砂，對棕離輕輕搖了下頭，示意他不要再刺激辰砂了，「現在說這些沒有意義，關鍵是盡快查清楚她背後的組織，還有她到底洩露了多少重要資訊。」

棕離陰沉沉地冷笑：「放心，我一定會查清楚！」

紫宴問辰砂：「晚上我和棕離要提審假公主，你要去旁聽嗎？」

「沒興趣。」辰砂站起來，頭也不回地離開了。

楚墨等看不到他的身影了，才唏噓感慨：「這件事裡，最受傷的人就是辰砂和封林。付出的信任越多，受到的傷害就越大。」

＊　＊　＊

駱尋從小黑屋出來時，沒有瘋，只是覺得自己變得很蒼老。

她暈暈沉沉地躺在移動床上，用手捂著畏光的眼睛，虛弱地問：「我被關了多久？」

「三十個小時。」

駱尋苦笑。才三十個小時啊，她還以為已經過去了三百多年。

不管是她的心，還是她的身體，都已經被時間侵蝕得傷痕累累，外面的世界竟然只是過了三十個小時。

一個瘦高的獄警忍不住問：「喂，妳沒事吧？」

自從駱尋被關進小黑屋後，獄警們就在等她變得歇斯底里、崩潰求饒，可是這個女人一直很平靜，讓他們竟隱隱產生畏意。

駱尋閉著眼睛說：「我沒事，只是有點不知今夕是何夕。」

獄醫給駱尋注射營養針，又讓她沖澡，換上乾淨的囚服。

駱尋知道審訊終於要開始了，很配合地做著一切。

把自己收拾整潔後，她被帶進一個寬敞陰暗的房間。四面都是密不透風的金屬牆，正中央是一個黑色的人形金屬臺。

如果不是底座和地面相連，乍一看倒像是一件厚重的盔甲，但是看仔細了，能看到盔甲裡面有細密的鋼針、鑽頭、刀刃、鉗子、噴火頭……

駱尋根據自己還算豐富的醫學知識迅速得出結論：這是一個設計精密的刑具，幾乎人類所能想像出的、可以施加給同類的殘酷刑罰都有。

四肢向外拉伸的車裂，千刀萬剮的凌遲，火炙肌肉的炮烙……

「嘀」一聲，密閉的金屬門打開，天頂的大燈全部亮起，照得四周一片慘白。

駱尋被嚇得打了個哆嗦，蒼白著臉回過身。

棕離和紫宴一前一後走進來。

紫宴看到駱尋憔悴的樣子，明顯愣了一下，「妳……沒有睡覺嗎？」

駱尋還沒有回答，棕離不耐煩地踢了一腳固定在地上的金屬椅，呵斥：「坐下！」

駱尋立即走過去坐下，上半身挺得筆直，雙腿併攏，雙手平放在膝蓋上，像是一個聽話的小學生般規規矩矩。

棕離譏笑：「挺會裝的。」

紫宴坐在駱尋對面，微笑地看著她，「能談談嗎？」

駱尋說：「可以。」

「我是誰妳很清楚了，先介紹一下自己吧！妳叫什麼名字？」

駱尋說：「駱尋。」

紫宴皺了皺眉，笑勸：「大家認識這麼久了，都不想事情朝著難看的方向發展，請說實話。」

駱尋誠懇地說：「我很希望能告訴你另一個名字，但是我不知道。在我有限的記憶中，我只用過兩個名字，英仙洛蘭和駱尋，你們現在肯定不希望我仍然叫自己英仙洛蘭。」

「有限的記憶？」

「我什麼都不記得了，我不知道自己的名字，不知道自己是誰。十一年前，我一睜開眼睛，就在阿爾帝國的科研禁地中。我走了三天三夜都沒有找到一個人，因為肚子太餓，摘了個蘋果吃，莫名其妙就變成了死刑犯……」

「閉嘴！」棕離暴怒地打斷駱尋的話，問紫宴：「你還打算聽她繼續胡說八道？」

駱尋苦笑，「是很荒謬，但我說的是實話。那段影片只有法庭上宣判罪行的一小段，聽上去我好像犯了十惡不赦的重罪，但如果你們能找到前面的審問記錄，就會知道我真的只是因為吃了半個蘋果就成為死刑犯，絕不是你們想像中的什麼智商超高、手段厲害、心機深沉的星際間諜……」

棕離猛地一拍桌子，雙手撐在桌子上，衝著駱尋怒吼：「我再問一遍！妳的名字，妳來自哪裡，哪個組織指使妳冒充洛蘭公主盜取奧丁聯邦的機密資訊？」

駱尋無奈地說：「我真的不知道，我忘記了。沒有人指使我，我也從沒有盜取過奧丁聯邦的機密資訊。」

棕離冷笑兩聲，面色陰沉地對紫宴說：「看來我們的失憶女士需要一點幫助才能想起忘記的事情。」

紫宴盯著駱尋，遲遲沒有說話。

棕離疾言厲色：「紫宴，這個女人在奧丁聯邦潛伏了十一年，還混進聯邦最核心的基因研究院，騙過了我們所有人。她知道的事情太多，我們卻對她一無所知，必須查清楚！事關聯邦安危，不要讓私人情感左右自己！」

紫宴想起了很多年前那次決定性的投票。

在一票棄權、三票反對的情況下，有四個人投票同意駱尋進入生命研究院工作，他是其中之一。身為奧丁聯邦資訊安全部部長，本來應該守護聯邦的資訊安全，卻因為一時自負，允許一個犯基因盜竊罪的罪犯進入奧丁聯邦最核心的科研中心，如果她盜竊、洩露，或者竄改了什麼……紫宴不敢想像後果。完全如楚墨所說，付出的信任越多，受到的傷害越大。

棕離看他不再反對，正要下令，紫宴說：「畢竟她和辰砂……還是問一下辰砂的意思吧！」

棕離立刻聯絡辰砂，不一會兒，辰砂清冷的聲音傳來：「什麼事？」

「假公主的事你還管嗎？我和紫宴在審問她時碰到了麻煩，她一直說什麼都忘記了，連自己的名字都不肯老實交代，我們需要加強審訊力度，紫宴讓我最好事先跟你打聲招呼。」

「我和她已經沒有任何關係，無權干涉你們的工作，一切公事公辦。」辰砂說完，立即切斷通話，就好像再也不願沾染上駱尋的任何事。

棕離雙手撐在桌子上，上半身前傾，人逼到駱尋的臉前，茶褐色的眼睛裡滿是陰毒，「聽清楚了嗎？不要有任何僥倖心理。在奧丁聯邦，沒有人會包庇妳！」

駱尋垂目看著自己的雙手，神情淡然，聲音平靜：「從一開始我就知道，從不敢有任何僥倖心理。」

棕離脫去外套，一邊挽袖子，一邊問紫宴：「你來，還是我來？」

「你審吧！」紫宴站起來想要離開。

「紫宴！」駱尋抬起頭，哀求地看著他，懇切地說：「我說的都是真話。」

紫宴迴避她的視線，像是逃一樣快步走出了刑訊室。

棕離如同毒蛇一般看著駱尋，陰惻惻地說：「失憶女士，現在妳只能哀求我了。」

駱尋緊緊地抿著唇，眼神雖然很恐懼，卻沒有示弱，也再沒有開口哀求一句。

棕離對守在一旁的兩個獄警打了個手勢。

他們走過來，想要把駱尋拖拽起來。

「不用，我自己來。」駱尋知道無力反抗，也就不浪費力氣反抗了。

她配合地走到那個像重型鎧甲一樣的刑具前，主動站在了打開的鎧甲中。

棕離站在控制臺前，按了一個按鈕。

金屬甲關閉，駱尋的四肢和脖頸都被固定住。

棕離冷笑著說：「幾十年來，我審問過的犯人不計其數。每一個剛開始都一口咬定不知道、忘記了，到後來卻連他小時候尿了幾次床，一天手淫幾次都記得一清二楚。看在我們相識一場的份上，我最後給妳一次機會，妳叫什麼名字？」

駱尋誠懇地說：「我唯一知道的名字就是駱尋，其他的事情我都忘記了。」

「冥頑不靈！」棕離陰沉著臉，按下了控制臺上的綠色啟動按鈕。

淒厲的慘叫聲驟然響起，如同野獸的哀號，聽上去幾乎不像人聲。

＊
＊
＊

幾個小時後。

棕離臉色鐵青、咬牙切齒地瞪著昏死過去的駱尋。

她全身上下皮開肉綻、鮮血淋漓，像是一具屍體一樣無聲無息地躺著。

幫助行刑的獄警查看完智腦的監測數據，對棕離說：「心臟停跳了兩次，不能再審了，再審下去很有可能會猝死。」

棕離不得不暫時放棄刑訊，恨恨地說：「把她弄醒，關進棺房，什麼時候服軟了什麼時候放出來。」

「是！」

＊　＊　＊

棺房，就是一個像是棺材一樣狹長的金屬盒。

空間窘迫，幾乎完全不能動，關在裡面的人不但要忍受完全的黑暗和寂靜，還要承受特意設置的缺氧環境，就像是被活埋在地底的棺材裡。

一個人活生生地感受著來自整個世界的惡意和殘酷，人性深處最黑暗、最絕望、最惡毒的情緒都會被逼出來。

一切信念、一切愛念，終會放下。放棄整個世界時，也會放棄自己。

駱尋不知道棕離給她注射了什麼藥劑，腦子有感覺，身體卻動不了，清楚地感覺到他們動作粗魯地把她放進一個金屬棺材中。

咔嗒幾聲輕響，光明消失，黑暗降臨。

時間靜止。

駱尋完全沒有想到酷刑逼供的事會發生在自己身上，因為她從來不是一個寧死不屈的人，也從來沒打算守口如瓶，一開始就打算坦白一切。

但是，沒有人相信她的坦白，都認定她是冥頑不靈、負隅頑抗的間諜，不肯相信她稀裡糊塗就欺騙了那麼多聰明絕頂的人。

駱尋很清楚棕離不會讓她死，但這才是最可怕的地方。

活著，只是意味著無盡的折磨。

她昏昏沉沉，很想一覺睡死過去忘記一切，可是渾身上下沒有一塊完整的肌膚，鑽心噬骨的疼痛折磨得她一直無法入睡。

因為缺氧，駱尋頭痛欲裂，覺得自己即將窒息而亡，完全分不清幻覺和現實，陷入了最恐怖的噩夢中。

——四野荒蕪的曠野，她一個人在痛苦地跋涉。從白晝走到黑夜、從黑夜走到白晝，只想找到一個人弄明白究竟發生了什麼事，可無論怎麼找都找不到人，就好像整個世界都離她而去，只剩下她一個。

——天色晦暗、怪石林立的岩林。千旭化作野獸咬斷了她的手臂，她悲痛欲絕、淒聲哀哭，可無論她怎麼哭泣哀求，殷南昭只是戴著沒有表情的金屬面具，冷冷看著。

——放蕩不羈的葉玠柔情款款地看著她，嘴裡說著我最愛妳，下手卻是毫不留情，把她推下了萬丈懸崖。

——陰森恐怖的刑室裡，她被酷刑折磨得痛不欲生、哀聲慘號，辰砂、封林、紫宴他們就站在一旁冷眼看著，她伸出血淋淋的雙手，向他們求助，他們卻都視而不見。

……

無窮無盡的噩夢，負面黑暗的情緒像是滔天洪水一般席捲而來，就要把她吞噬。

她怨恨、她憤怒，瘋狂地質問著為什麼。

她只是想活下去，從沒有想過傷害別人，也從沒有做過傷天害理的事，為什麼每個人都不相信她？為什麼每個人都認定她是壞人？為什麼每個人都想要置她於死地？

駱尋殘存的理智告訴自己：不能這樣，不能這樣！

如果任由自己被噩夢吞噬，就會正中英仙葉玠的下懷。他就是想要摧毀現在的她，讓她放棄十一年的記憶，變成和他一樣的人，仇視異種、痛恨奧丁聯邦。

駱尋努力讓自己去想正面、光明的事情。

十一年的記憶，不算長，但是肯定有很多溫暖美好。

——紫宴喜歡捉弄她，每每狡計得逞，總是樂不可支，可當她真遇到麻煩時，他卻常常會第一個伸手幫她化解。

——基因研究中，她嶄露頭角、天賦驚人，封林不但沒有心生芥蒂，還毫不吝嗇地讚美鼓勵她，幫她創造更多條件，讓她能走得更快。

——辰砂不善言辭，說話犀利直接，總是冷冰冰的，但這麼多年，他一直支持著她做一切想做的事，研究基因、訓練體能。

……

時間，靜止。

黑暗，鋪天蓋地。

痛苦，沒有盡頭。

恐怖絕望，瀰漫著整個世界。

……

駱尋覺得像是已經過了幾千幾萬年，疲憊得再也堅持不下去，只想自己也化作黑暗，用恐怖和絕望回敬這個殘酷的世界，可心裡一點微弱的光一直一遍遍告訴自己：

被欺騙、被傷害、被遺棄，當然很痛苦。但是，這些就像是毒藥，即使五臟六腑痛得支離破碎了，也要努力把它們當屎一樣排泄出來，不能藏在身體內，讓它們反覆發酵，把自己變成一坨毒屎。只有那些溫暖、美好的記憶才值得銘記於心、鐫刻於骨、收藏於生命。

＊　＊　＊

半夢半醒，沒有盡頭的痛苦中。

棺房的蓋子突然被掀開，一縷光線透了進來。

食骨吸髓的噩夢如同見不得陽光的黑霧一般迅速消失不見。

駱尋聞到新鮮的氧氣，差點喜極而泣，心中滿是劫後餘生的慶幸，不自禁地深深呼吸著。

可轉念間，她想到了棕離。身體先於意識，恐懼地蜷縮起來，似乎已經再次感受到了地獄般的折磨痛楚，不自禁地打著哆嗦。

「嘩啦」一聲，棺房的蓋子被整個扯掉。一個人站在棺房旁邊，沒有粗魯地拽起她，只是盯著她看。

駱尋越發緊張，不知道棕離又有什麼新花招。她眼睛緊緊地閉著，手緊緊地抓著殘破的衣服，就像是抓著最後能保護自己的盾牌。

男人的呼吸變得格外沉重，徐徐彎下身，小心地避開她血肉模糊的手指，輕輕地握住她又青又腫的手腕。

駱尋的臉色唰一下慘白，身體抖得像是狂風中的一片枯葉。

「小尋。」

輕輕一聲呼喚，卻好像包含著千言萬語都難以述說的沉重情感。

駱尋猛地睜開眼睛，定定地看著殷南昭。

幾秒鐘後，她低垂了目光，再沒有任何反應。

「小尋，對不起。」

駱尋掙脫殷南昭的手，閉上了眼睛，一聲不吭。

「棕離不會再來審問妳，從今天起，妳的事情我負責。」

駱尋的聲音很微弱，卻十分決絕：「我說了，不想再看見你，我願意棕離繼續調查我。」

「小尋，我……」

「執政官閣下，請離開！」

駱尋不知道殷南昭為什麼會像千旭一樣叫她「小尋」，看她可憐嗎？但是他不知道，棕離施加到她身上的酷刑固然很痛，卻比不上他給她的痛。

當年，他沒有憐憫她；現在，她更不需要他的憐憫！

殷南昭小心地用毯子把她裹住，連著毯子一起把她抱了起來。

「你幹什麼？放下我！」

但是，她剛剛熬過殘酷的刑訊，遍體鱗傷、全身虛軟，根本沒有一絲力氣反抗。

「這裡不適合養傷。」殷南昭抱著她走出刑訊室。

駱尋冷嘲：「尊敬的執政官閣下，我是個死刑犯，不在監獄裡還能在哪裡？」

殷南昭沉默不言，竟然抱著她直接離開監獄，回到了斯拜達宮的執政官官邸。

「只要我所在的地方，妳都可以在。」殷南昭把駱尋小心地放到醫療艙裡，「還有，妳是阿爾帝國的死刑犯，不是奧丁聯邦的死刑犯。」

駱尋剛要張嘴駁斥，他用呼吸面罩堵住了她的嘴，「好好休息。想和我算帳，也要先把傷養好了才有力氣算帳。」

駱尋的意識漸漸昏沉，眼前的人影開始虛化，就好像整個世界又要離她而去。她心裡又慌又怕，下意識地伸出手，想抓住什麼。

殷南昭握住了她的手，「別怕，這段路我會陪著妳走。」

駱尋無力地閉上了眼睛，陷入沉睡。

殷南昭輕輕放下她的手，對站在門口的安達說：「叫醫生來，照顧好她。」

安達僵著臉，冷冰冰地說：「如果您再不下去，三位公爵會衝上來質問您深夜劫獄的事。」

✷ ✷ ✷

會客室。

殷南昭剛走進來，棕離立即站起來，著急地問：「聽說閣下突然現身監獄，帶走假公主？」

辰砂和紫宴也都緊張地看著執政官。

殷南昭不疾不徐地走到椅子旁坐下，「真假公主的事我會親自調查，不用你們再管了。」

棕離十分懊惱，以為執政官對調查一直沒有進展不滿，解釋說：「我刑具用了，藥劑也用了，那個女人一口咬定什麼都忘記了，不知道自己是誰。閣下，請再給我一點時間，我一定能攻破她的心理防線，讓她招供。」

殷南昭長腿交疊，胳膊斜倚在座椅的扶手上，側支著頭，一言不發地看著棕離。

明明看上去沒有任何異常，棕離卻心底發寒，全身寒毛倒豎，隱隱覺得很危險，像是自己的命脈被一隻無形的大手掐住。他下意識地握住武器匣，全身僵硬，一動也不敢動，冷汗涔涔而下。

辰砂和紫宴也察覺到不對，同時開口：「閣下！」

殷南昭終於收回了目光。

棕離全身驟然一輕，握著武器匣的手都在輕顫。他以為執政官不滿他辦事不力，急切地說：「我已經盡力了，又不能真弄死假公主。」

他為了證明自己絕對沒有消極怠工、玩忽職守，調出審訊的影片，投影到會客室的正中間，讓大家自己看。

……

刑訊室。

駱尋被束縛在一個像是重型盔甲的金屬刑具裡。

四肢被固定住，一個靈巧的小鉗子探出，夾住手上的一片指甲，硬生生地連根拔掉。

駱尋極力忍耐，卻仍然發出了淒厲的慘叫。

棕離喝問：「妳是誰？叫什麼名字？」

駱尋面色青白、冷汗淋漓，身體直打哆嗦，「我……不知道。」

棕離咬牙切齒，「繼續！」

小鉗子又夾住一片指甲，乾脆利落地拔掉。

「妳是誰？」

「不……知道。」

每拔掉一片指甲，棕離就會詢問一遍「妳是誰」，駱尋一遍遍回答「不知道」。

棕離越來越憤怒。

十根手指上的指甲全部拔掉後，小鉗子開始拔腳上的趾甲。

駱尋的慘叫聲越來越小，漸漸變成了無意識的低泣：「我不知道……不知道。」

雙腳的趾甲被全部拔掉，駱尋徹底昏死過去，也沒有回答出她的名字。

監控智腦詢問：「審訊目標昏迷，請問繼續嗎？」

棕離鐵青著臉說：「繼續！」

金屬刑具裡自動伸出一個注射器，給駱尋注射藥劑，駱尋清醒過來。

棕離下令：「開始。」

金屬刑具開始翻轉變化，時而裂開向外面拉扯，時而捲到一起向內擠壓。

駱尋就像一個麵團一樣，一會兒四肢被用力向外拽，好像整個人就要被扯得四分五裂，一會兒又被狠狠擠壓到一起，似乎就要被擠成一塊肉醬。

駱尋的慘叫聲越來越小，到後來已經無聲無息。

監控智腦說：「小便失禁，心跳猝停，必須立即注射急救藥劑。」

藥劑注射完後，駱尋的心跳漸漸恢復、平穩。

棕離掐著她的下巴，逼迫駱尋看著他，「妳是誰？叫什麼名字？」

「不……知……」駱尋目光渙散，眼淚從眼角一顆顆滾落。

棕離暴怒，再次下令：「開始。」

金屬刑具裡冒出無數又短又細的金屬刺，有的滾燙得發紅，有的冷得直冒寒氣。當它們扎入駱尋體內時，她的身體上騰起一縷縷青煙。一直無力地低垂著頭的駱尋驟然高高地昂起了頭，張著嘴發出破碎的悲鳴，幾乎不像是人聲，脖子上的青筋全部鼓起。

……

「棕離！」

辰砂突然面色森寒地怒喝，一掌揮過去把影像關了。

棕離嗤笑，「你這是什麼表情？你自己說的和假公主已經沒有任何關係，一切公事公辦，難道現在想來干涉我們工作了？」

「你說要加強審訊力度，沒說要酷刑逼供。」

「指揮官大人，別像個沒見過世面的小姑娘一樣。她是威脅到聯邦安全的間諜，不是偷了女人內衣的小偷，難道我還要客氣禮貌地審訊嗎？別告訴我你在軍隊裡從來沒用過酷刑……」

殷南昭不耐煩地敲了敲椅子扶手，示意他們都閉嘴。

「棕離，你有沒有想過不是你突破不了駱尋的心理防線，而是她根本就沒有心理防線讓你去突破。」

棕離愣一愣，困惑地看著執政官，「閣下的意思是……」

「她說的都是真話。」紫宴表情怪異，視線完全沒有焦點，不知道想到了什麼。

棕離大叫：「這怎麼可能？」

殷南昭揮揮手，「都回去，真假公主的事，我會盡快給你們一個交代。」

辰砂臉色蒼白，「聽說閣下帶她回來了，她在樓上嗎？我想見她。」

殷南昭盯著辰砂，「你想見她？她是誰？」

「她……」辰砂遲疑了一下，用了目前最穩妥的稱呼，「假公主。」

「假公主？」殷南昭輕輕叩擊一下椅子扶手，似乎覺得好笑，「既然已經沒有了婚姻關係，你又不是案件的負責人，有什麼理由見她？」

辰砂一愣，隱隱間覺得自己好像就要錯過什麼重要的東西，卻又抓不住那究竟是什麼。

殷南昭站起，朝著會客室外走去，「駱尋正在接受治療，處於昏迷狀態。等她醒來，你再來吧！」

辰砂急切地追在他身後，「閣下，如果……駱尋說的是真話，那她就不是間諜了，等調查清楚，可以放了她嗎？」

殷南昭站定，回身看著辰砂，淡淡問：「如果調查完，她的確是間諜，該怎麼辦？處死她？」

辰砂愣住了，回答不出來。

紫宴若有所思。

棕離皺著眉頭嘀咕：「什麼意思？到底是不是間諜？」

殷南昭袖手而立，目光幽遠冷寂，像是看著另一個世界，「辰砂，你小小年紀就痛失雙親，的確悲慘，可因為出身尊貴，在父母的餘蔭庇護下，從沒有真正吃過苦。進入軍隊後，各方面表現優異，一帆風順就當上了指揮官。你有資本，也有能力，對所有人、所有事說不，但是，這世上有很多人，命運沒有給過他們選擇。世間事，不是非白即黑；世間人，也不是非善即惡。」

＊　＊　＊

指揮官官邸。

辰砂失魂落魄地回到家，照明燈自動亮了。

明亮的燈光映照下，寂靜的屋子顯得格外空曠冷清。

只是少了一個人而已，可是，連屋子裡的光線和空氣都似乎不一樣了。

辰砂走進寬敞潔淨的廚房，打開保鮮櫃的門，拿了兩罐營養劑。正要關門時，看到一排營養劑後面隱隱約約露出兩個不太一樣的罐子，他隨手拿出一罐，發現竟然是一罐玫瑰醬。

玻璃罐上貼著標籤，手寫著製作日期，下面又寫了一行小字：密封兩個月後才可以食用，如果提前發現了，不許偷吃！

辰砂怔怔看了一會兒，猛地把罐子砸到地上。玻璃罐摔得粉碎，紅色的玫瑰醬濺得到處都是。

他拿出另一罐，又狠狠摔了下去。

眼前的一切好像無限放慢了——玻璃罐像是一片雪花，慢慢地飄向地面。燈光映照下，折射出晶瑩的光芒，紅色的玫瑰醬像是一塊塊璀璨的紅寶石。

就在玻璃罐即將落地的一瞬間，辰砂的身體快於他的意識，腳尖輕輕一挑，玻璃罐向上飛起，回到了他的手裡。

辰砂一手拿著玫瑰醬，一手扶著保鮮櫃的門，在無人看到的地方，第一次流露出孤獨痛苦、悲傷迷惘。

事情發生後，他在逃避，可是駱尋呢？她沒有逃避，只是壓根兒沒有想起過他！

事發前，沒有想過向他坦白；被拘捕時，沒有想過向他解釋；被酷刑折磨時，沒有想過向他求助。就好像自始至終，他們沒有任何關係。

嘀嘀。

個人終端機的蜂鳴聲突然響起。

辰砂沒有理會，臉上的表情恢復了往常的冰冷。

他把玫瑰醬塞到保鮮櫃的最深處，拿起營養劑，一邊喝一邊朝樓上走去。

蜂鳴聲一直響個不停。

辰砂走進閱覽室，坐到工作臺前，蜂鳴聲依舊執著地在響，他看了眼來電顯示：紫宴。

辰砂幾口喝完營養劑，把罐子扔進回收箱，「接聽。」

紫宴的聲音傳來：「我想要去阿麗卡塔軍事基地的檔案庫查看一份資料，需要你簽字授權。」

辰砂漠然地問：「誰的檔案資料？」

「英仙洛蘭。」

辰砂一下子坐得筆挺，沉默了一會兒，說：「我不會簽字，但你可以用我的身分查看資料。」

紫宴像是早料到了他的答案，輕笑一聲，「我現在就在你的門外。」

辰砂切斷音訊，叫智腦開門。

紫宴進來時，辰砂已經連線基地的檔案庫，中央智腦檢測確認完身分。

紫宴一言不發地坐到工作臺前，在檔案庫裡搜索，找到一份十一年前的資料。

辰砂仔細看了一眼，是一份體能測試的紀錄，其中一項的考官還是紫宴。

紫宴像是想起什麼，笑著說：「洛蘭按照封林的要求做體能測試，每項都破新兵紀錄，前三項紀錄最差，最後一項是最優紀錄。」他頓一頓，臉上的笑容變淡了，「當年，我仔細留意過她的體質，很嬌氣，應變能力差，肯定沒有接受過專業的間諜訓練。我相信自己這點判斷力還是有的。」

辰砂盡力回想，可記憶模模糊糊，似乎有體能測試這麼件事，卻又想不起任何具體的細節。

「竟然什麼都不記得了，你當時到底有多討厭她？」紫宴伸手點了點一個影片資料，「最後一項測試，還是你把她救出重力室的。」

辰砂腦海裡終於浮現出一點隱約的畫面，可記憶依舊像隔著一層紗，看不分明。

他點擊了播放，過去的時光開始在眼前重放——

重力室。

洛蘭穿著訓練服，正在選擇模擬測試環境。

她選擇了荒原環境，表情卻有點懊惱，似乎不是那麼樂意。

洛蘭開始跑步。

……

紫宴說：「她堅持了七個多小時，前面沒什麼事，可以快進。」

辰砂沒有選擇快進，紫宴也沒有再多言。

……

六個小時過去，天已經大亮。

辰砂一直以同一個姿勢坐在椅子裡，專注地看著洛蘭跑步。

莽莽荒原上，四野枯寂、晝夜交替，她跑得十分艱辛痛苦，眼中滿是恐懼，卻一直不肯停下。

辰砂經歷過類似的事。人在極度虛弱時，會神志不清，把時空混淆，分不清過去和現在。洛蘭肯定是錯把重力室的體能測試當成了一個人流落在荒原上的真實經歷。

她的身體已經不堪重負，精神也到了崩潰邊緣，卻依舊堅持著不肯放棄。

…………

畫面內，她苦苦地尋找著一點希望。

畫面外，他看懂了她。

但是，他們之間已經隔著十一年的光陰。

……

辰砂說：「她必須停下來。」

陰影中，紫宴的聲音幽幽響起：「當時封林也這麼說，可我們無權終止測試，只能通知你。」

說著話，重力室的門突然打開，一身軍服的辰砂出現在畫面中。

洛蘭表情驟變，如獲至寶、眉眼含笑地盯著辰砂，就好像跋涉在黑暗中的人突然看到了光明。她跌跌撞撞、迫不及待地撲向辰砂，抓住他的衣襟，喃喃說了一句話後暈了過去。

辰砂滿臉嫌棄，忍不住閃躲了一下，洛蘭整個人摔趴在地上。

辰砂皺著眉，盯著昏迷過去的人看了一會兒，終於冷著臉、不情不願地把人抱起來，離開了重力室。

……

辰砂怔怔地看著螢幕上的自己，那時候他對洛蘭竟然是這樣?!

紫宴焦急地問：「洛蘭對你說了什麼？」

「我……不記得了。」

紫宴瞪了辰砂一眼，沒好氣地說：「你!不是不記得，而是壓根兒不想聽!」

他運指如飛，敲打著鍵盤，把「洛蘭撲進辰砂懷裡」的一小段影片截取出來。

一遍遍調試處理，畫面一遍遍重播。

辰砂一遍又一遍看著洛蘭歡天喜地地撲進他懷裡。

3D的影像太過逼真，恍恍惚惚中，他竟然覺得一切就發生在眼前，很想伸手接住洛蘭，緊緊地抓住那份歡喜。可是，一遍又一遍，辰砂總是滿臉冷漠，嫌棄地避開，讓洛蘭摔到地上。

……

紫宴終於處理成功，聽清楚了洛蘭無意識的低語。

「我……我……是誰？」

紫宴身子一顫，下意識地點擊重播。

「我……我……是誰？」

紫宴愣住了，怔怔地看著定格的畫面。

辰砂表情詭異，又點擊了一遍重播。

畫面中，洛蘭欣喜若狂地撲進他懷裡，渴盼地盯著他，呢喃輕問：「我……我……是誰？」

辰砂的心像是猛地被狠狠剜了一刀，痛得幾乎不能呼吸。

原來，她早就告訴過他，早就向他求助過。

只是，十一年三個月零七天後，他才聽到。

＊　＊　＊

深夜，執政官官邸。

殷南昭坐在醫療艙旁，凝視著昏迷的駱尋。

藥液正在刺激她受傷的部位生長癒合，她應該感覺不太舒服，眉頭一直緊緊地皺著，十分難受緊張的樣子。

……

殷南昭想了想，拿起一本他偶爾會翻看的書，朗讀起來。

小王子說：「我是來找朋友的。什麼叫『馴化』呢？」

「這是已經早就被人遺忘了的事情。」狐狸說，「它的意思就是『建立聯繫』。」

「建立聯繫？」

「一點也沒錯。」狐狸說，「對我來說，你只是一個小男孩，就像其他千萬個小男孩一樣沒有什麼不同。我不需要你，你也不需要我。對你來說，我也只是一隻狐狸，和其他千萬只狐狸沒有什麼不同。但是，如果你馴化了我，我們就會彼此需要。你對我來說，就是世界上的獨一無二；我對你來說，也是世界上的獨一無二了。」

「我有點明白了。」小王子說，「有一朵花……我想，她把我馴化了……」

「這是可能的。」狐狸說，「世界上什麼樣的事都可能看到……」

……

也許因為感覺到有人在陪伴她，駱尋的眉頭漸漸展開，整個人平靜放鬆下來。

殷南昭合攏書，打開個人終端機，調出棕離刑訊駱尋的影片，從被辰砂打斷的地方繼續看起。

觀看這樣的影片絕對不舒服，像是自我凌虐，而且事情已經發生，即使他看完全部過程，也沒有辦法再做任何補救，但是，他想清楚地知道她所經歷的一切。

……

棕離一遍遍質問「妳的名字」，駱尋一遍遍回答「不知道」。

棕離不停地換著花樣施刑，想要逼迫出駱尋的底線，打破她的心理防護。

駱尋的嗓子已經完全嘶啞，連慘叫聲都發不出，只能嗚嗚咽咽地悲鳴，像是一隻落入死亡陷阱的小獸，每一聲悲鳴都滿是絕望痛苦。

棕離無計可施，下令給駱尋注射致幻劑，誘導她吐出真話。

駱尋進入了幻覺中，不知道她到底在經歷什麼，一會兒笑意盈盈，一會兒淚流滿面。

棕離循循善誘地問：「妳叫什麼名字？」

「駱尋。」

棕離眼中滿是怒火，強壓著怒氣，繼續問：「妳是誰？」

「我……我是……子。」

棕離第一次問到了不同的答案，精神一振，語氣都變溫柔了：「妳是誰？再說一遍。」

「我是……千旭的妻子。」

棕離氣急敗壞，重重一拳砸在金屬刑具上，衝著駱尋大吼：「×你媽！先是玩失憶，現在又拉出個死人來！」

突然，駱尋淚如雨落、身子劇烈地顫抖，應該是在幻覺中受到了強烈刺激，竟然心跳再次猝停。

棕離顧不上咒罵，急忙下令：「搶救！她還什麼都沒招供，不能讓她死了！」

……

殷南昭猛地按了暫停。

胸腔裡的一顆心，跳得十分急促，像是就要蹦出胸膛。在他的面前，駱尋的心卻停止了跳動。

殷南昭定定地盯著駱尋。

他是從地獄裡爬出來的活死人，以為這世間沒有什麼是他承受不起的，現在卻發現他已經有了承受不起的東西。

好一會兒後，殷南昭點擊繼續播放。

……

注射完急救藥劑，駱尋的心臟恢復跳動。

協助刑訊的獄警看完監測報告，告訴棕離不能繼續用刑了，否則有生命危險。

棕離滿肚子火沒處發，下令把駱尋關到棺房裡。

……

殷南昭低嘆。

他在敢死隊執行任務時，曾經被活埋過幾天，很清楚人在那種情況下會多麼絕望。

棕離、紫宴他們雖然沒有親身經歷過，但很清楚如何利用它達到目的。如果不是用來對付一無所知的駱尋，棕離的策略很正確。

剛剛經歷完殘酷的刑罰，身心都在崩潰的邊緣。只要繼續施壓，人一定會被人性深處的黑暗徹底吞噬，放棄一切信念和堅守，不管什麼都會和盤托出。

……

駱尋被鎖在了棺房中。

畫面上一片漆黑，什麼都看不到，什麼都聽不到。

只在螢幕的角落裡顯示著監控駱尋心臟跳動的心電波圖，一會兒和緩，一會兒劇烈。

……

看似悄無聲息，可實際比剛才的酷刑更凶險萬分。

殷南昭的身子不自禁地微微前傾，一動不動地盯著影片，冰冷的面具臉上沒有絲毫表情，只有呼吸隨著心電波的變化輕微變化，時輕時重。

良久後，刑訊室的門被踹開，燈光驟然亮起，戴著面具、穿黑袍的殷南昭出現在監控畫面中。

畫面外的殷南昭身子後傾，靠在了椅背上。

畫面內，殷南昭打開棺房，小心翼翼地抱出駱尋。因為著急療傷，他沒有逗留地立即離開了。

畫面外，殷南昭卻按了暫停，盯著已經沒有人的棺房。

裡面只有深深淺淺的斑駁血跡，沒有任何異常。可殷南昭記得他抱起駱尋時，視線從她身側一掠而過，似乎有什麼不太對勁。

殷南昭不停地點擊螢幕，鏡頭一直拉近，畫面一再放大，定格在一處。

血痕深深淺淺、橫橫豎豎。

仔細辨認，縱橫交錯，像是一個個字，可惜重重疊疊在一起，已經完全看不清了。

殷南昭把影片截取出，發給部下，「十分鐘後給我分析報告。」

不到十分鐘，報告就發了過來。

經過專業測試分析，智腦模擬再生出血痕出現的過程。

血淋淋的手指，艱難地寫著字，一筆一畫、重如千鈞，就好像要直接刻到自己的靈魂裡。

……紫宴、紫宴……封林、封林……辰砂、辰砂……

殷南昭剛開始以為是在發洩怨恨，等發現沒有棕離的名字時，恍然大悟的一瞬間心中劇痛。

雖然陷入絕境，雖然遍體鱗傷，雖然眾叛親離，但是她無怨無恨。

她念著的是他們的好，想要記住的也只是溫暖美好。她用十一年來細心收集的光明對抗著人性加諸她身上的黑暗。

殷南昭心中百般滋味、錯綜複雜，不禁看向醫療艙裡的駱尋。

他想起，很多年前，封林向他彙報工作時，笑嘻嘻說的一句話：「我喜歡洛蘭，她像是一株太陽花，能把黑暗化作光明，和她待在一起時，我都覺得更積極開心了。」

殷南昭回過神，收回目光時，畫面上的名字已經全是：千旭、千旭、千旭……

一筆一畫，全部用鮮血寫就。

一個個猩紅的字重重疊疊在一起，血跡淋漓、觸目驚心。

殷南昭定定看了一會兒，自嘲地想，當然只能是溫暖美好、乾淨陽光的千旭了！太陽花怎麼可能喜歡黑暗呢？

＊　＊　＊

清晨。

駱尋睜開眼睛時，發現自己躺在柔軟舒適的床上。

她有點分不清究竟是做夢還是現實，緩緩打量四周，看到了執政官。

他閉著眼睛，坐在扶手椅上，膝頭放著一本打開的紙質筆記本，像是看累了突然睡了過去。

駱尋盯著他臉上的面具，心頭突然湧起難以抑制的渴望衝動——她想見到千旭！

她屏息靜氣，小心翼翼地伸出手，手指觸摸到了冰冷的金屬。

正要揭開面具時，手被抓住，殷南昭睜開了眼睛，「我是3A級體能，妳真的覺得自己能做到這種事？」

駱尋想抽回手，殷南昭沒有鬆手。

駱尋的表情波瀾不驚，一對黑漆漆的眼睛靜靜地看著他，他輕輕放開了。

駱尋問：「閣下現在的計畫是什麼？打算怎麼審問我？」

「妳頭髮臭了，去沖個澡，我在樓下等妳。」殷南昭合攏筆記本，起身離開了。

✷　✷　✷

駱尋洗完澡，裹著浴巾走出浴室時，才想到自己好像沒有衣服可穿。

她打開衣櫃，想著有什麼就穿什麼，卻看到空蕩蕩的櫃子裡稀稀落落掛著幾件女士衣裙。看來執政官的生活挺多姿多彩嘛！駱尋不屑地冷笑，隨手抓出一件衣裙套上。

沒想到竟然十分合身。駱尋覺得衣裙有點眼熟，好像在哪裡見過。

她突然想起來——

邵茄和葉玠要來時，她計畫逃跑。沒想到執政官從天而降，一路跟隨。她為了甩掉執政官，帶著他逛了大半個商場，試了無數件衣服，一直想找機會溜走。可是執政官竟然沒有一絲不耐煩，一直好性子地陪著她試穿。她氣得夠嗆，只要執政官說哪件衣服不錯，她就偏說難看，堅決不要。身上這件就是當時她明明喜歡，卻說難看不要的衣服。

駱尋打開衣櫃，發現每件衣服都是。

她狠狠甩上門，用力踹了衣櫃幾腳。

駱尋走下樓，看到殷南昭坐在飯廳裡。

殷南昭展手，示意她坐，「想吃什麼？」

駱尋坐到他對面，「營養劑就可以了，一般人對著你的臉應該沒有胃口吃飯。」

殷南昭把一罐水果風味的營養劑放到她面前，「我是誰？」

駱尋喝著營養劑，表情嚴肅地回答：「執政官，殷南昭。」

「妳這種態度對執政官正常嗎？」

駱尋冷嘲：「你覺得不正常，可以把我送去監獄。我那麼多罪名，不介意再加一個不敬罪。」

殷南昭凝視著她，「對不起！」

駱尋扭過頭，一口氣喝完營養劑，把空罐子扔進回收桶，冷冷地說：「你是官，我是賊，想問什麼就問吧！早點定罪，我早點安心。」

殷南昭沉默了一會兒，問：「那天在湖畔，妳要給自己注射的是什麼藥劑？」

「恢復記憶的藥劑。」

「英仙葉玠告訴妳的？」

「是。」

「英仙葉玠是誰？」

「他應該就是英仙葉玠，不過還有另外一個身分，龍血兵團的龍頭。」

「穆醫生？」

駱尋不吭聲。這件事她只告訴過千旭，可沒有告訴過殷南昭。

殷南昭說：「妳怎麼會相信英仙葉玠的話？」

「不是完全相信。」駱尋歪著頭，笑了笑，「但我已經沒有路可以走了，他給了我一條路。」

「怎麼會沒有路走？妳可以留在阿麗卡塔。」

駱尋譏嘲：「我是假公主，怎麼可能留下？等著被棕離折磨嗎？而且……」她看著殷南昭，「我討厭你，不想再見到你！」

殷南昭沉默。

駱尋移開了視線，「還有什麼想問的？」

「如果妳能恢復記憶，打算怎麼辦？」

「去找英仙葉玠吧！我們以前好像在一起，他堅信只要我恢復記憶，就會跟他走。」

「為什麼說那管藥劑是最後一管藥劑？」

「葉玠說是失憶前的我配製的，配製方法只有失憶的我知道。」

殷南昭默默思考。

駱尋說：「我可以問閣下一個問題嗎？」

「什麼？」

「那管藥劑，閣下找到了嗎？」

「沒有。」

「沒有啊！」駱尋的語氣難掩失望。

殷南昭抱歉地說：「那天，妳走後，我又找了一會兒，但沒找到，應該被湖底暗流衝走了。」

駱尋的表情恢復了淡然，顯然已經接受她無法恢復記憶的現實。

殷南昭問：「遊樂園的意外事故是怎麼回事？」

駱尋看著窗外，語氣冷淡，像是在講別人的事：「因為龍血兵團襲擊我，千旭死在了大雙子星的岩林。我發現葉玠是龍血兵團的龍頭後，決定殺他報仇。紫宴安排他們去遊樂園遊玩，我想起千旭曾經告訴過我如何激發遊樂園的神級難度，決定誘導葉玠引發神級難度，借助風暴，和他同歸於盡。沒想到，葉玠和我的關係好像非同一般，他竟然不惜生命地一再保護我，我沒有辦法親手殺死他，就廢了他雙臂，想著他行動不便，肯定會死於風暴。可惜我們的命都挺硬。」

殷南昭靜靜地看著駱尋，駱尋靜靜地看著窗外。

風吹過樹梢，將金黃的葉子一片片吹落。一室寂靜，能聽到樹葉墜落的簌簌聲。落木蕭蕭，紅塵滾滾。

一直呼嘯而過的時光在這一刻突然安靜了。

駱尋猛地站起來，「我知道的已經全部交代清楚，可以送我回監獄了。」

「最後一個問題。」

駱尋看著殷南昭，「什麼？」

殷南昭起身，繞過長桌，走到駱尋面前，「妳是怎麼認出我的？我反覆回想過，沒發現任何遺漏。」

駱尋茫然地眨眨眼睛，「執政官的臉這麼特別，一直很容易辨認啊！」

「小尋，妳知道我在說什麼。」

「我不知道。」駱尋想繞過他往外走，「叫警衛押送我回監獄。」

殷南昭拽住了她的手臂，駱尋呵斥：「放手！」

「這裡就是關押妳的監獄，我就是看守妳的獄警，妳再往外走，就是越獄了。」

駱尋咬了咬牙，甩開殷南昭的手，往樓上衝。

殷南昭問：「妳去哪裡？」

「回牢房！」

Chapter 6

迷思

一株迷思花會開出兩種花：清幽素雅的藍色小花，冷艷瑰麗的紅色大花。
既然看花分不出真假，就去尋根究柢，把藏在泥土深處的根挖出來。

在「真假公主」事件上，奧丁聯邦分成了兩派。

一派以百里藍為首，主張以戰爭的方式嚴懲阿爾帝國——竟然敢用死囚冒充公主嫁到奧丁聯邦，必須付出代價。

另一派以紫宴為首，主張溫和地協商處理，畢竟事情還沒有調查清楚，也許阿爾帝國也是受害者。

兩派還沒有爭執出結果，從阿爾帝國傳來消息——約瑟將軍外逃。

當年，約瑟將軍護送洛蘭公主出嫁到奧丁聯邦，真假公主互換就發生在他的眼皮底下，無論如何，他都難辭其咎。

事件曝光後，他被阿爾帝國拘捕，接受調查。

但沒料到，兩天前他在下屬的協助下逃跑了。本來阿爾帝國的皇室想封鎖消息，可是消息不脛而走，舉國譁然。

皇儲英仙邵靖，身為調查「真假公主」事件的負責人，不得不召開記者會，當眾承認約瑟將軍已經畏罪潛逃，對自己的失職向民眾道歉。

他代表英仙皇室強烈譴責約瑟將軍的叛逃，列舉了他的數條罪狀。毫無疑問，約瑟將軍即使不是「真假公主」事件的主謀，也是從犯，必須嚴懲不貸。

＊　＊　＊

駱尋邊看新聞邊想，事情變得越來越複雜了，不但將軍牽涉其中，現在連皇儲都被拖下水，她這個當事人卻還是一無所知。

殷南昭問：「約瑟將軍是英仙葉玠的人嗎？」

駱尋仔細回想了一下，搖搖頭，「不知道。當時我在飛船上，一直躲在房間裡沒有出去過，和約瑟將軍的接觸很少。如果是他的手下和葉玠勾結架空他，也不是不可能。」

「妳覺得，英仙葉玠想做什麼？」

「皇位！」駱尋盯著螢幕裡的葉玠。他一直老老實實地站在皇儲身後，在一群精明能幹的官員中顯得十分平庸，可是駱尋已經親身體驗過他的雷霆手段。

那個關於皇位的傳說十有八九是真的，阿爾帝國的皇帝一直視葉玠為眼中釘。葉玠為了活下去，不得不假裝成一事無成的浪蕩子。當年都說他不願參軍逃走了，可究竟怎麼回事，只有當事人知道。阿爾帝國的皇帝肯定沒想到葉玠會另闢蹊徑，在外面建立自己的勢力，甚至成為龍血兵團的龍頭。

駱尋肯定，不管葉玠是為了好好活著還是渴望那個位置，他一定會拿回本來屬於自己的東西。

但是，她在這場皇位之爭裡面究竟扮演著什麼角色呢？

既然是她自己配製的恢復記憶的藥劑，那麼她早就知道自己會失憶，一切都是預先設計好的一個局？

她是純粹因為葉玠才入局，還是因為她自己也有所圖？

如果有所圖，圖的是什麼？

最終，一切又回到了最初的問題——她究竟是誰？

殷南昭的聲音突然響起，打斷了駱尋的思索：「妳覺得英仙葉玠有可能是妳的前男友嗎？」

駱尋回過神來，朝他燦爛地笑，「錯了，不是前男友。我們明顯還沒有分手，應該說英仙葉玠很有可能是我的男朋友。如果閣下願意放我回阿爾帝國，也許我能撈個皇后當當。」

執政官盯著她，一言不發。

駱尋雙手合十，歪著頭做憧憬狀，「從此以後，皇帝和皇后過著幸福的生活。我們也算是有情人歷經波折、終成眷屬。只是不知道執政官閣下肯不肯高抬貴手、玉成美事？」

駱尋表面上笑得燦若朝陽，實際心底一片漆黑，滿是迷惘悲傷。

真假公主事件越鬧越大，她的前路究竟在何方？她究竟該以何種身分、何種面目活下去？

「閣下。」安達悄無聲息地走進來，「指揮官來了。」

駱尋立即斂去笑容，站起來想要迴避。

她對奧丁聯邦沒有多少歉意，因為她沒有做任何對不起奧丁聯邦的事，問心無愧。但是，她對辰砂和封林很愧疚。

「駱尋。」殷南昭叫住了她，「辰砂想見的人不是我，是妳。」

我？

駱尋愣住了，辰砂和她的婚姻已經作廢，不是已經完全沒有關係了嗎？

＊＊＊

不一會兒，辰砂出現在大廳裡。

他表情嚴肅地走向駱尋，駱尋下意識地往後退，滿臉緊張戒備，似乎生怕他突然抽出光劍，一劍刺過去。

辰砂心中黯然，立即止步。

他刻意放緩語氣，溫和地問：「妳的傷好了嗎？」

「好了。」

駱尋看他不是興師問罪，立即擠出了個明媚的笑，帶著小心翼翼的討好，似乎生怕怠慢了他，又惹得他不高興了。

十多年來，辰砂第一次發現並且意識到，他和駱尋的關係竟然如此不對等，原來駱尋把自己放得如此卑微。

她把他視作高高在上的老闆，仰他鼻息為生，從沒有對他說過不字，也從沒有給過他臉色，似乎永遠都和顏悅色、永遠都笑意盈盈。

他不想理會她時，她會自動躲到一邊；他和顏悅色一點時，她會立即笑臉相迎。

她一直善解人意、知情識趣，小心翼翼地活在他的規則之內，盡力不給他添麻煩。

這麼多年，她像是一個沒有任何負面情緒的人，除了千旭的死，她從沒有生過氣；除了想要離婚，她也從沒有強求過什麼。

但是，怎麼可能有人永遠樂觀積極？又怎麼可能有人沒有絲毫脾氣？尤其她孤身一人、置身異國他鄉，壓力和孤獨都可想而知，只不過她把這些負面情緒都小心地藏了起來。因為她很清楚，笑聲給人愉悅，哭聲卻會惹人厭煩。

駱尋這麼明顯的異樣就放在他眼前，他卻一直視而不見，反而覺得這位公主很省心、不麻煩。

現在，他才明白自己錯過的麻煩是什麼。

駱尋對他沒有期待，沒有依賴，沒有任何要求。即使他曾經對她持劍相向，任由她孤身一人陷入絕境，她也絲毫不生氣、不怨怪，反而因為他一點點善意，就立即笑著回應。

辰砂心中滋味複雜，十分難受。他多麼希望駱尋現在能生他的氣，能對他發火，而不是這樣乖巧柔順。

駱尋看辰砂一直盯著她，心裡忐忑不安，不知道辰砂究竟想做什麼。她下意識地看了眼殷南昭，殷南昭手撐著頭，視線望著窗外，擺明了置身事外。

駱尋抱歉地說：「對不起，我知道自己出於一己之私……」

辰砂不悅地打斷了她：「不要說對不起！」

駱尋立即閉嘴，沉默地低下頭，雙手緊張地互握著，似乎想給自己一點憑依。

辰砂知道她又誤會了他的意思，心裡越發懊惱。他嘗試著想笑一笑，卻沒有成功，只能盡量讓自己的語氣柔和一點：「妳說失去了記憶，什麼都不知道，我相信是真的。」

駱尋猛地抬頭，表情又驚又喜，眼中隱隱有了淚光。

辰砂說：「我相信妳沒有做傷害奧丁聯邦的事。」

駱尋克制著激動，認真地說：「我一直很感激你和封林當初投票支持我進入研究院工作，我承諾了絕不會做對不起奧丁聯邦的事。我發誓，只要我活著一日，就一定會信守承諾，絕不會背叛奧丁聯邦。」

「我相信！」辰砂語氣鄭重，許出了給駱尋的第一個諾言。

十一年前，他沒有給她機會，也沒有給自己機會。

十一年後，他願意先從無條件的信任做起，不需要證據、不需要理由，只為她是她而信任。

一直像壁畫一樣安靜的殷南昭突然插嘴：「如果做了阿爾帝國的皇后，從此皇后和皇帝幸福地生活在一起，應該不能嚴守祕密吧！」

辰砂蹙眉，滿臉疑惑，「阿爾帝國的皇后？」

駱尋急忙說：「別理他！他發神經、胡說八道！」

辰砂面色古怪地盯著駱尋。

駱尋意識到自己對執政官的態度大有問題，生掰硬扯地解釋：「我的意思是……尊敬的執政官閣下突然……變得……很幽默，在開玩笑，呵呵……開玩笑！」

「妳的意思是，妳說的皇帝和皇后的話都是開玩笑？」殷南昭慵懶地靠著椅背，雙手平搭在扶手上，語氣沒有一絲溫度，辨不清喜怒。

駱尋怒瞪著他。

辰砂怕她惹怒執政官，忙擋在駱尋面前，對殷南昭說：「閣下，我想帶駱尋回去。在事情調查清楚前，我會看管好她。」

殷南昭目光低垂，手指一下下輕叩著椅子的雕花扶手，發出清脆的篤篤聲。

駱尋和辰砂都不自禁地屏息靜氣，等待他的決定。

殷南昭抬眸看向駱尋，「妳想留下，還是跟辰砂離開？」

駱尋說：「我想回監獄。」

「不行！」辰砂斷然否決。

殷南昭說：「妳只有兩個選擇，留在我這裡，或者，跟辰砂去他那裡。」

駱尋看看殷南昭，看看辰砂，無奈地說：「我還是留在這裡吧！」

辰砂不明白，忍不住直白地問：「妳不是很討厭執政官嗎？」

駱尋咬牙切齒，「就是討厭才要給他添麻煩。我現在身分未明，可是一個大麻煩。而且……」她抱歉地對辰砂笑了笑，「我不是洛蘭公主，我們的婚姻關係已經作廢，很感謝你願意相信我，但我不能再接受你的幫助。」

沒有關係了嗎？

辰砂的心驟然一痛，猛地抓住她的手，剛想說什麼，紫宴突然像一陣疾風般衝了進來，「大新聞！約瑟將軍露面了，說出了真假公主事件的主謀。」

駱尋立即轉身，朝著紫宴走過去，手自然而然地從辰砂的掌間抽出，甚至都沒有意識到辰砂剛才做了什麼。

紫宴看到駱尋，微微一愣。

他盯著她上下打量了一眼，看她精神不錯，一直懸著的心才放下，本來有滿肚子問題想問，可眼前顧不上，只能先說正事。

紫宴把影片投影到會客廳正中央，「約瑟將軍剛在星網上發布了一段公開講話。」

虛擬螢幕上出現了從阿爾帝國叛逃、流亡星際的約瑟將軍。

他穿著皺巴巴的軍裝，神情憔悴地對阿爾帝國的民眾道歉，一再申明他絕不是叛國，只是不想背負虛假的罪名冤屈而死。

約瑟將軍承認，自己知道並且配合了用死囚替換公主的行動，但他是聽命於皇儲英仙邵靖，配合他行動。沒想到事情敗露後，皇儲立即拘捕了他，以調查為名企圖殺害他，將所有罪名栽贓給他。他無路可走，只能暫時逃出阿爾帝國。

約瑟將軍宣布，他手裡握有證據，能證明自己的全部說辭，但是目前他還不想以這種方式對全星際公布，因為那會傷害到阿爾帝國。英仙邵靖有罪，阿爾帝國的民眾沒有罪。

約瑟將軍要求阿爾帝國的皇帝成立獨立的調查組，暫時罷免英仙邵靖的所有職務，不能因為他是皇儲就特別對待。

……

紫宴搖搖頭，笑著說：「不管阿爾帝國的皇帝答應不答應，阿爾帝國都要變天了。」

辰砂淡淡地說：「別光顧著看別人笑話，阿爾帝國的皇儲捲了進去，聯邦的主戰派會更有理由發動戰爭。」

紫宴揉著額頭，頭痛地嘆氣。

殷南昭盯著螢幕，手指點了一下約瑟將軍軍服上的金屬扣，「軍服的扣子質量很好，尤其是將軍軍服上的扣子。」

紫宴立即把每顆扣子放大處理，裡面映照出約瑟將軍對面的景象。

智腦把所有圖片提取、矯正、拼湊在一起，合成出一張完整的圖片——白色的牆壁前，放置著一臺專業攝影機，攝影機背後站著一個模糊的人影。

「撿到寶了。」紫宴輕佻地吹了聲口哨，把攝影機上映照出的圖像和金屬扣裡的圖像合併處理，人影漸漸清晰。

一個身材高䠷、長髮披肩、容貌秀麗的女子出現在螢幕上。

駱尋失聲驚呼。

這張臉，她從沒有真正見過，卻一直銘刻在心底，從不敢忘記。

三個男人都看向駱尋。

駱尋蒼白著臉說：「她是真的洛蘭公主。」

紫宴恍然大悟，「難怪看著十分眼熟！我當年收集的資訊，洛蘭公主就長這樣。」只不過後來鬧出公主毀容抗婚、傷心整容的事，他就漸漸忘記了這張臉。

辰砂愣愣地看著眼前完全陌生的真公主。

這就是十一年前本來應該嫁給他的女人嗎？法律上他現在的妻子？

紫宴瞄瞄駱尋，瞅瞅洛蘭公主，下意識地對比著真假兩位公主。

兩人的身高、骨架、體態都差不多，完全能以假亂真，難怪他們會挑中駱尋來代替洛蘭公主。

可是，經過十多年苦練，駱尋已經是A級體能者，洛蘭公主卻應該依舊是E級體能者，兩人的體能差距太大，表現出了截然不同的氣質。

洛蘭公主身段裊娜，眉目秀麗，像是空谷幽蘭、楚楚動人；駱尋卻身姿挺拔，眉目舒朗，像是蒼岩勁松、高遠清逸。

篤！篤！

殷南昭敲了敲扶手，辰砂和紫宴才回過神來。

殷南昭淡淡地說：「既然洛蘭公主出現了，證明約瑟將軍是英仙葉玠的人，所有行動都事先早有預謀，特意針對皇儲英仙邵靖。」

駱尋突然激動地說：「我知道約瑟將軍藏在哪裡了。」

殷南昭說：「龍血兵團。」

駱尋興奮地看向殷南昭，「你也這麼想？以葉玠的性格，這麼重要的兩個人只有放在自己的地盤上才能放心。」

「英仙葉玠和龍血兵團有關係？」辰砂詫異地問。

「根據我收到的祕密情報，英仙葉玠就是龍血兵團的龍頭。」殷南昭淡然自若地把駱尋和葉玠的關係隱去了。

「難怪……」紫宴看了眼駱尋，若有所思，「這下很多事情都能解釋通了。」

辰砂思考了一會兒，做出決定，「既然約瑟將軍和洛蘭公主都在龍血兵團，我去一趟ＮＧＣ３星域。出其不意，也許能把他們兩個帶回來。」

紫宴立即反對：「有可能是陷阱，不能這麼莽撞。」

辰砂堅持，「不能讓所有證據都握在英仙葉玠手裡，否則他說什麼就是什麼，我們會很被動。」

殷南昭終止了他們的爭執，「紫宴說得有道理，你是奧丁聯邦的指揮官，不能以身犯險，這事我會處理。」

嘀！嘀！

辰砂和紫宴的個人終端機同時響起訊息提示音。

兩人看了一眼，表情都有點沉重。

殷南昭問：「打仗的事？」

紫宴無奈地笑，「百里藍找我們開會。」

殷南昭揮揮手，「去吧，看看那隻雷克斯暴龍又想玩什麼。」

紫宴苦笑，「您老人家是龍王，自然不怕他鬧騰，我這小身板可真是消受不起。」

殷南昭不為所動，冷冷地說：「有辰砂在，你只管動動嘴皮子，還叫苦？要不我讓辰砂回小雙子星，多給你一點鍛鍊機會？」

紫宴不敢再囉唆，對辰砂說：「走吧！」

辰砂看著駱尋，沒有動。

駱尋一臉困惑，「怎麼了？」

辰砂走到她面前，鄭重地說：「我們需要好好談一談，明天我來找妳。」

「好。」駱尋茫然地點頭，完全想不出辰砂要和她談什麼。

辰砂已經要走出大廳，又回過身，不放心地叮囑：「不要亂跑，明天等我來，我有話和妳說。」

駱尋笑了，「我現在是犯人，在坐牢。能往哪裡跑？肯定在這裡啊！」

辰砂放下心來，和紫宴一起離開了。

＊　＊　＊

殷南昭起身，朝會客廳外走去，經過安達身旁時吩咐：「看好她。」

安達表情木然，聲音僵冷：「是。」

駱尋追上去，問殷南昭：「你打算怎麼處理約瑟將軍和洛蘭公主在龍血兵團的事？」

殷南昭冰冷的面具臉上，眼睛眨了眨，「妳這是……擔心我嗎？」

「擔心你？」駱尋冷嗤，「我是關心自己的事。葉玠一直不肯告訴我我是誰，這兩個人也許知道。」

「妳想知道妳是誰，不用捨近求遠地去問他們，我知道。」殷南昭一邊說話，一邊沿著拱頂長廊往前走。午後的陽光從長廊一側的落地玻璃窗射入，在地上投下一個斜長的黑影。

駱尋亦步亦趨地跟著他，兩人的影子時而交錯、時而分開，「你知道？呵呵！」

「我知道。」殷南昭回過頭，看著駱尋。

駱尋從完全不相信變成了將信將疑，「你怎麼會知道？」

殷南昭走進一個像是訓練室的寬敞房間，左手邊的一整面牆上擺放著各式各樣的槍械武器，簡直像是一個琳琅滿目的小型武器庫。

殷南昭脫下黑色的外袍，扔給機器人，「自從發現龍血兵團在針對奧丁聯邦，我就下令不惜代價、不擇手段地蒐集龍血兵團的資料。身為執政官，我能看到所有機密資料。」

「裡面有我？」駱尋不相信。

「沒有。但是……」殷南昭指指自己的腦袋，「蒐集到足夠資訊，就能思考、分析、推測。」

駱尋相信了。

她的事殷南昭知道得一清二楚。如果這世上真有一個人能靠著分析資料，推測出她的身分，那也只有他了。

「我……是誰？」駱尋屏息靜氣地等著答案，感覺心臟都停止了跳動。

「妳先告訴我怎麼認出我的，我自認行事嚴謹，一直想不通哪裡有疏漏。」

駱尋差點一腳飛踹過去。她壓抑著怒氣，皮笑肉不笑，「聽不懂你在說什麼。我到底是誰？」

殷南昭不理她，只顧挑選武器。

「殷南昭！」駱尋叫。

殷南昭依舊不理她。

駱尋氣得轉身就走，可是越走越氣，一個沒忍住突然轉身回去，做了一件一直想做的事——握緊拳頭，用足所有力氣，狠狠一拳砸向殷南昭。

殷南昭沒有躲避，任由駱尋的拳頭落在胸口。

駱尋的怒氣不但沒有消解，反而越發生氣。她就像是一個炸藥包，引信一旦點燃，爆炸就再也停不下來。

駱尋手腳並用，連打帶踢。

殷南昭一直站著沒有動，像是一根木樁一樣任由駱尋打。只有當駱尋有可能誤傷到自己時，他才會微微晃一下身子，讓她的拳頭或腳落在身體上最柔軟的部位。

一通狂風暴雨般的發洩，駱尋的力氣漸漸用盡，一直憋在心底的一口氣也漸漸洩了。她臉頰發紅、手腳發顫，氣喘吁吁地停下來。

殷南昭問：「解氣了？」

「做夢！你這點痛算什麼？」

「那要多痛才能解氣？」

駱尋惡狠狠地瞪著殷南昭：「斷臂剜心之痛！」

殷南昭拿出黑色的武器匣，輕輕一按，一把形狀奇怪的血紅彎刀出現。

駱尋愣了愣，緊張地問：「你……你……想幹什麼？」

「剜心我現在做不到，斷臂可以。妳想要哪條胳膊？」

駱尋盯著殷南昭，發現他眼神平靜無波，顯然不是在開玩笑。

「如果一隻手臂不夠，可以把兩隻手臂、兩條腿都砍下。」殷南昭語氣淡然，就好像要砍掉的手、腳都與他無關。

究竟什麼樣的人才會這麼冷血？駱尋的臉色十分難看，「你可真是個變態！」

殷南昭絲毫不以為忤，就好像早已習慣了被人罵變態，語氣依舊平靜淡然：「對一個變態而言，這些痛不值一提。我完全不覺得能彌補妳什麼，但只要妳能解氣，我可以立即做。」

殷南昭拿著血紅的彎刀，安靜地等著駱尋開口。

駱尋毫不懷疑，只要她開口，殷南昭就會面不改色心不跳地把自己四肢都砍掉，但那有什麼意義？感情不是你刺了我一刀、我再刺你十刀，就能扯平。

駱尋恨恨地說：「你是變態，難道我也要跟著你一起變態嗎？」她怒氣沖沖地轉身就走，逃一般快步離開了訓練室。

殷南昭一言不發地看著她的背影。燈光照在他的面具上，反射出點點冰冷的金屬光澤，讓人看不清他的眼睛裡究竟藏著什麼。

＊ ＊ ＊

駱尋回到自己房間後，還是餘怒未消。

她覺得自己犯傻，明知道殷南昭是老狐狸、是變態，為什麼還是沒有忍住，爆發了出來呢？

突然，她想起自己本來是想問殷南昭究竟打算怎麼處理約瑟將軍和洛蘭公主的事，卻被他東拉西扯，完全忘記了初衷。

他脫下外袍，明顯是要換衣服。還有，他為什麼要挑選武器？

駱尋隱隱覺得哪裡不太對，急忙跑回去。

空蕩蕩的訓練室裡已經沒有了人，地上放著一大束紅色的迷思花。花束中有一張小小的白色卡片，上面手寫著一行遒勁有力的字：妳是駱尋。

駱尋怔怔地看著迷思花。

雖然是同一株植物，可是，藍色小花和紅色大花，一個清幽素雅，一個冷艷瑰麗，截然不同。殷南昭是在告訴她，雖然同株而生，但他不是千旭嗎？既然這樣，為什麼還要說她是駱尋？

駱尋拿起花束跑回屋子，大聲叫：「殷南昭、殷南昭……」

安達悄無聲息地出現，「執政官不在。」

「執政官去哪裡了？」

「NGC3星域。」

「龍血兵團？」駱尋大驚失色，著急地往外跑。

安達攔住她，「妳還在拘禁期間，正在接受調查，請遵守臨時監獄的規定。再往前走，我就要視作越獄，下令警衛擊暈妳。」

駱尋著急地說：「那是稱霸星際千年、星際第一傭兵團，龍血兵團的駐地！殷南昭告訴辰砂不要以身犯險，自己卻跑去了，這算什麼？別人的命很珍貴，自己的命就不珍貴了嗎？」

安達僵著臉，冷淡地說：「他的命就是這樣。」

駱尋焦躁地問：「什麼意思？」

安達面無表情，依舊不慌不忙，「妳知道執政官是奴隸嗎？」

「知道，那又怎樣？奴隸的命也是命！」駱尋滿臉戒備，像是一隻張開翅膀、要保護什麼的小母雞。

安達目不轉睛地盯著她，似乎在細細觀察、審視、判斷著什麼。

駱尋不明白他的意圖，卻不想再和他浪費時間了，直接繞過他朝門外走去。

安達的聲音從身後傳來：「我第一次見到他，是在泰藍星的角鬥場。一個剛滿十六歲的孩子，遍體鱗傷、奄奄一息地躺在地上。」

駱尋一下子停住了腳步，回身看著安達，「你是說執政官？」

安達像是完全沒有聽到她的話，自顧自地說：「他不是角鬥場的奴隸，根本沒有學習過搏鬥技巧。因為殺死了自己的調教老師，激怒了奴隸島的老闆，被扔到角鬥場裡餵猛獸。我看到他時，他已經缺了一隻手臂、一條腿，站都站不起來。所有人都以為他只能等死，可他居然把自己剩下的一條腿主動送到野獸嘴裡，趁著野獸撕咬他的腿時，用僅剩的一隻手挖出了猛獸的兩隻眼睛。」

駱尋聽得心驚膽戰，屏息靜氣地問：「後來呢？」

「他被買下，帶回了奧丁。」安達目光灼灼地盯著駱尋，一字字說：「從我第一天見到他時，他就從來沒把自己的命當回事，大概因為這個世界上沒有什麼值得他留戀吧！」

生無歡、死無懼嗎？駱尋莫名地心慌，「執政官去龍血兵團能告訴辰砂嗎？好歹有個接應。」

「不能。祕密行動，消息不能外洩。」

「能聯絡一下執政官嗎？」

「不能，戰艦執行特殊任務期間，遮蔽所有民用訊號。」

「軍用訊號可以？」

「妳沒有資格。」

這也不行，那也不行！駱尋簡直氣結，把花束用力砸向安達的臉，同時敏捷地衝向大門。

安達抱住花束，淡定地看著。

兩個警衛不知從哪裡冒出來，攔截住駱尋。

安達舉起麻醉槍，啪一聲槍響，駱尋應聲倒地。

✷ ✷ ✷

駱尋暈暈沉沉地醒來，發現自己躺在營養艙裡，不知究竟昏迷多久，感覺頭很重、四肢僵硬。

她掙扎著鑽出營養艙，一邊活動手腳，一邊仔細打量四周。

一個狹小密閉的屋子裡，整整齊齊堆滿了貨物，像是個儲物室。她這是被當成貨物了嗎？

駱尋打開金屬門走出去，小心翼翼地觀察周圍的環境，覺得自己好像在一艘飛船上。

她十分茫然，不知道究竟發生了什麼事。難道她越獄失敗後被安達流放了？

駱尋不知道身處何地，也不知道周圍是敵是友，不敢高聲叫喊，只能提高警覺地走著，希望先弄清楚自己究竟在哪裡。

她越走越覺得不對勁。這不是民用飛船，也不是普通的軍用飛船，而是戰艦。

駱尋心跳加速，難道安達把她偽裝成補給物資悄悄送到殷南昭的戰艦上了？

突然，尖銳的警笛聲響起。

駱尋不知道發生了什麼事，正不知所措，戰艦開始猛烈顛簸。她急忙抓住身旁一切能抓住的東西，盡全力固定住自己的身體。

戰艦左右搖晃，重力急速變化。

天旋地轉中，駱尋無比感激宿七給自己的特訓，讓她不至於成為軍艦上第一個因為撞死而犧牲的人。

顛簸一次比一次劇烈，二三十分鐘後，戰艦才漸漸平穩下來。

駱尋吁了口氣，慶幸自己終於能雙腳著地了。

一把槍無聲無息地抵到她的後腦勺，「妳是誰？」

駱尋清晰地感覺到冷冽的殺氣，無比肯定後面的人不是鐵血戰士，就是殺人惡魔。她非常老實地交代：「駱尋。」

「為什麼混上飛船？」

駱尋快要哭了，她都不知道這是哪裡，怎麼可能知道自己為什麼來這裡？

男子的槍往前壓了壓，就要扣動扳機，駱尋慌不擇言，急促地說：「找你們老大，我是他的女人。」

男子的手抖了一下，沉默地收起槍，一言未發地把她雙手反剪著捆了，推著她往前走。

＊　＊　＊

沿著彎彎曲曲的過道，走了好長一段路，跨過一道艙門後，人突然多起來。是一個餐廳，有人在喝酒賭博，有人在吃飯聊天，十分熱鬧。

沒有一個穿軍服的人，也完全沒有軍人的嚴謹正氣，一個個看上去吊兒郎當、凶神惡煞，更像是殺人越貨、無惡不作的星際海盜。

駱尋回想一路所見，沒有看到一個疑似奧丁聯邦的標誌。

她心驚膽戰，這到底是哪裡？

戰艦倒是戰艦，只不過不像是奧丁聯邦執政官的戰艦，更像是用戰艦改造成的海盜飛船。

難道不是安達送她上來的，而是她昏迷後被人劫持了？

「獨眼蜂，哪裡來的女人？」

押著駱尋過來的獨眼男人冷著臉回答：「在貨艙那邊抓到的。應該是上一次作戰時，趁亂混上飛船的。她說自己是老大的女人。」

餐廳裡驟然一靜，幾個正在喝酒的男人噗哧一聲，把酒全噴了。吃飯的人也都被糨糊狀的營養餐嗆住，不停地咳嗽。

一群五大三粗的男人全用一種「瞻仰即將英勇就義的偉大烈士」的目光看著駱尋。

駱尋心亂如麻，表面上卻很淡定，接受著他們的瞻仰。

獨眼蜂把駱尋推到餐廳的偏僻角落裡，喝令她坐下：「老實待著。」

「你們老大呢？」駱尋試探地問。

獨眼蜂用僅有的一隻眼睛盯著駱尋。

駱尋心裡發寒，不敢再說話。

獨眼蜂去餐臺點了一份營養餐，和兩個朋友坐在一起，邊吃邊說話。

駱尋孤零零一個人坐在角落裡。

星際飛船上沒有晝夜，都是按時間輪班。餐廳一直開著，不停地有人走了又來。每個人進來，都會特意來瞻仰一下她。顯然，做為「老大的女人」，她已經在這艘海盜船上出名了。

駱尋覺得有點詭異。

真假公主事件把阿爾帝國和奧丁聯邦——星際間最大的兩個星國捲了進來，算是最近最受矚目的大新聞。雖然現在的她和影片裡的她變化挺大，可這麼多船員竟然沒有一個人認出她，還是有點詭異。難道大家都不看新聞嗎？

駱尋陪著笑臉，對瘦得像根竹竿的廚師說：「枯坐著有些無聊，能打開新聞看看嗎？」

獨眼蜂呵斥：「閉嘴！」

竹竿廚師倒是無所謂，懶洋洋地說：「所有訊號都被遮蔽，接收不到外面的訊號，也發不出訊號。妳忍忍吧，反正也忍不了多久了。」

駱尋恍然大悟，原來是這樣。看來這艘飛船看上去管理鬆散，實際則非常嚴格。

不遠處一桌子正在喝酒賭錢的人笑說：「什麼人不好冒充，要冒充老大的女人？」

「就算找死也找個舒服點的死法啊！要不要賭她怎麼死？」

「看老大的心情吧！」

駱尋鬱悶地趴到桌上。當時被槍指著腦袋，只想著怎樣震住對方保命，哪有時間考慮周全？

＊　＊　＊

不知過了多久，鬧哄哄的餐廳突然安靜下來。

一個聲音渾厚的男人彙報：「頭兒，獨眼蜂抓了個混上飛船的女人，她說是老大的女人。」

「我的女人？」沒有一絲溫度的淡漠語調，連情緒都沒有。

駱尋身子猛地一顫，是千旭的聲音！

她一時間心潮澎湃、手腳發軟，平緩了一會兒，才有勇氣抬起頭，看向說話的人——

他背對著她，正在拿營養餐。

站在他旁邊的男人長得白淨斯文，臉上卻紋著一個覆蓋了半張臉的紅色飛鳥紋身，顯得十分妖豔詭異。他瞅著駱尋笑說：「呦！長得不錯，頭兒挺有豔福。」

「你要是看上了，可以帶回去睡一晚，記得穿好褲子後把人處理掉。」

紋身男乾笑著搖頭，「不用，不用。」

駱尋怔怔地盯著說話的人。明明是千旭的聲音，可說出來的話又絕對不是千旭。

「殺了。」他頭都沒有回，就冷冷下令。

駱尋如夢初醒，剛要張口，獨眼蜂抓起她就走，一手緊緊地捂住她的嘴，似乎生怕她驚擾了他們老大，惹來麻煩。

駱尋一邊嗚嗚地叫，一邊雙腿用力地踢，但沒有一個人搭理她。

已經被拖出餐廳，駱尋終於掙扎著發出一聲含糊不清的聲音：「千旭。」

「住手！」

喝令聲中，一道人影猶如疾風般飛掠到她身邊。

駱尋滿臉震驚，呆看著眼前的人，真的是千旭。

那眉似千山連綿，那眼若旭日初升，正是她午夜夢回、輾轉反側，思念了無數遍的樣子。

可是，明明一模一樣的眉眼，卻因為表情氣質不同，變成了截然不同的另一個人。

他穿著黑色的作戰服，眉如刀裁、眼似劍刻，整個人冷硬鋒利，像是一把殺人無數的人形兵器，沒有一絲柔軟的氣息。

千旭冷冷下令：「放了她。」

獨眼蜂滿臉困惑：「頭兒？」

「放開！」

獨眼蜂急忙解開捆縛著駱尋的手銬，驚訝不解地看看駱尋，又看看老大。餐廳門口一群人探頭探腦，悄悄偷窺。

千旭抓起駱尋的手就走，身後傳來倒吸冷氣的聲音。

＊　＊　＊

千旭帶著駱尋走進一個像是船長休息室的寬敞艙房中。

駱尋如同失了魂魄，表情似悲似喜，眼睛一直一眨不眨地盯著他。

千旭似乎很不喜歡她的目光，立即戴上一個薄薄的半臉面具，遮去了嘴唇以上的半張臉，有意提醒著駱尋什麼。

駱尋清醒了幾分。他不是千旭，是殷南昭！

殷南昭問：「妳怎麼在飛船上？」

「安達把我打暈了，我醒來後就在這裡。」

殷南昭瞬間明白了安達的用意，對他的自作主張很無奈，「妳已經在飛船上五天了，有沒有哪裡不舒服？」

駱尋搖搖頭，突然問：「我可以摸一下你的脖子嗎？」

殷南昭愣住。

駱尋沒等他回答就伸出手，半閉著眼睛，從脖頸慢慢摸到鎖骨。

真的是千旭，千旭真的還活著！

雖然早已猜到殷南昭就是千旭，但親眼證實、親手摸到後，還是心情激蕩，各種情緒錯綜複雜。

她脣邊露出了恍惚的笑，眼裡卻淚光浮動。

殷南昭反應過來：「妳……這樣認出的？」

「嗯。」

駱尋的手往上摸去，想要把面具揭掉，殷南昭猛地側頭避開了。

駱尋不解：「為什麼？」

「我不是千旭。」殷南昭的聲音又冷又硬，沒有絲毫感情。

「剛才我叫的是千旭，你出現了。」

殷南昭沉默，往後退了一大步，依舊不允許駱尋摘掉他的面具。

突然，尖銳的警報聲響起，通訊器裡有人叫：「頭兒，那群臭蟲又追上來了。」

殷南昭下令：「準備好戰機，我一分鐘後到。」

殷南昭把駱尋按坐到安全椅上，「繫好安全帶，警報解除前不要亂動。」

駱尋說：「我等你回來。」

殷南昭盯了她一眼，一言未發地離開了。

飛船一直劇烈顛簸，像是遇到了猛烈的攻擊。

駱尋提心弔膽，不知道殷南昭究竟在和誰作戰，難道是龍血兵團？為什麼他明明是奧丁聯邦的執政官，卻變成了海盜頭子？

戰鬥大概持續了半個多小時，安全座椅上的燈從紅色變成綠色，證明飛船進入安全飛行狀態。

駱尋解開安全帶，卻不知道應該去哪裡找殷南昭。

艙門突然打開，獨眼蜂衝進來拖著駱尋就跑，「頭兒受傷了。」

「什麼？」

駱尋心慌意亂，跟著他狂跑。一口氣衝到醫療室，看到殷南昭血淋淋地躺在地板上，周圍幾個大男人卻都傻乎乎地站著。

駱尋問：「醫生呢？」

大家指著白色蠶繭狀的醫療艙，駱尋無語了。

她迅速地消毒雙手，戴上醫用手套，不滿地說：「你們就讓他這樣躺在地上？」
「頭兒受傷後從來不讓我們碰他，昏迷前叫妳來。」
「不讓碰？怎麼處理傷口？」
「頭兒自己處理，總是說一點傷而已，死不了。」
駱尋想不通這是什麼怪癖，彎下身想要把殷南昭抱起來放到醫療床上。
手剛碰到他的身體，他立即睜開眼睛，手裡的槍對著她，目光冷酷凶狠，像是一頭擇人欲噬的猛獸。如果不是知道他真的受傷了，肯定以為他的傷都是誘敵之計。
獨眼蜂壓著聲音驚懼地說：「就是這樣！別碰他就沒事，後退、快後退……」
駱尋又不是第一次碰他的身體，壓根兒沒理會，直接握住他的手，「是我！」
殷南昭的目光漸漸化作了迷濛春水，任由駱尋拿走槍，閉上了眼睛。
所有人如釋重負，長出一口氣。
駱尋抱起殷南昭，放到醫療床上，想起他的怪癖，看看周圍的男人，毫不客氣地要求：「你們都出去。」
紋身男溫和地說：「妳把頭兒放進醫療艙，用自動治療程序就行。我們在外面守著，有事隨時叫我們。」一語雙關，既是關切也是警告。
駱尋理解他們的心情，俐落地應了聲「好」。
等他們都離開後，駱尋解開殷南昭的作戰服，發現前胸和後背血肉模糊，都是深深淺淺的傷口。

她立即做全身掃描，確定內部器官沒有嚴重的不可逆破損，不需要手術替換，才放下心來。

她把殷南昭放進醫療艙，根據他的受傷情況，手動設定好每一項治療程序，每份藥劑的用量。

看到控制面板上的各項數據漸漸穩定，駱尋打開醫療室的門，對外面的男人說：「沒事了。」

幾個男人探著頭，關切地看醫療艙裡的殷南昭，發現治療程序是人為設定的，驚訝地問：「妳是醫生？」

駱尋點點頭，「他怎麼受傷的？」

「我們飛船能源不足，只能防守不能進攻。頭兒要我們跑，他駕著戰機去阻截那群臭蟲的戰艦，炸毀了對方的一個推進器，但頭兒的戰機卻被炮彈擊中了。」

「臭蟲是龍血兵團？」

幾個男人相互看看，都不說話。

紋身男怕駱尋尷尬，主動轉換了話題：「我叫紅鳩，這位是獨眼蜂，這位是獵鷹……」

駱尋明白自己問了不該問的問題，順著紅鳩的介紹和大家一一打招呼。

獨眼蜂突然問：「妳真的是老大的女人？」

幾個男人都審視地盯著她。

駱尋知道他們都是刀口舔血的狠角色，只怕一言不合就會立即拔槍，只能硬著頭皮說：「是。」

幾個男人齊齊鞠躬，「大嫂好，頭兒交給妳了！」

「……」駱尋呆滯了。

＊＊＊

紅鳩他們離開後，駱尋關上醫療室的門。

看到剛才匆忙間被她隨手扔到地上的作戰服，她彎身撿起，打算交給機器人回收處理，卻無意中摸到胸口的暗袋裡有一小塊硬邦邦的東西。

她伸手去掏，從裡面掏出一枚琥珀。

拇指大小的茶色樹脂中包裹著一朵小小的藍色迷思花。

燈光映照下，藍色的花朵像是寶石一般晶瑩剔透，永遠盛放在最美麗的一刻。

駱尋滿臉震驚，完全沒想到送給千旭的花珀竟然還在，更沒想到殷南昭會隨身攜帶。

這枚琥珀是她自己做的，乍看和天然琥珀一模一樣，可一枚天然琥珀要千萬年才能形成，人工琥珀做得再像模像樣，也沒有那種時光留下的質感。

但是，她現在卻能從這枚花珀上感受到時光留下的溫潤醇厚，肯定是有人無數次輕撫摩挲，讓時光在它身上留下了痕跡。

駱尋把花珀放在掌心，靜靜地看著。

殷南昭為什麼沒有扔掉它？

她當時只是用這種方法表示，美麗的諾言猶如琥珀中的花朵，絕不會隨時光凋零。

殷南昭連她的感情都不肯要，為什麼還要留著她的諾言？

她忽然想起，在岩林的地穴裡千旭說過的話：「我愛妳！比妳能感受到的更愛，否則我不會在這裡。」

她後知後覺地意識到這句話其實摻雜了殷南昭的語氣，如果只是千旭，陪她去岩林理所當然，沒有「否則」。

殷南昭不是千旭，但千旭的確在他身體內存在過。

駱尋鼻子發酸，雖然依舊意難平、氣難消，但是，她不想再用盲目的生氣、消極的悲傷，去解決問題了。

一株迷思花會開出兩種花：清幽素雅的藍色小花，冷艷瑰麗的紅色大花。既然看花分不出真假，就去尋根究柢，把藏在泥土深處的根挖出來。

駱尋走到醫療艙旁，盯著殷南昭的臉看。

因為大量失血，他的臉色透著病態的蒼白。眼睛閉著，看上去不再那麼冷酷凌厲，依稀有了幾分千旭的樣子。可是，薄薄的嘴脣依舊緊抿，透著堅毅強悍。駱尋忍不住伸出手，想揉揉他的嘴角，讓它變得像記憶中一樣溫暖柔和。

殷南昭突然睜開眼睛，漆黑的瞳孔像是寒星，冷冷地盯著駱尋。

駱尋的手指正在揉他的嘴角，一下子懞了。

「我不是千旭。」他的嘴脣一張一合，氣息拂過駱尋的指尖。

駱尋漲紅了臉，卻沒有收回手，順著下巴往下摸，停在了鎖骨處，「我的記憶中，這裡、這裡……都是他。」

殷南昭眼神一黯：「駱尋，我是殷南昭，不是千旭。如果你想在我身上找他，注定會失望。」

駱尋攤開手掌，茶色的琥珀包裹著藍色的迷思花，跨越了悠悠時光靜靜開放在掌心，「如果你不是千旭，為什麼千旭的東西在你身上？」

殷南昭盯著花珀，目光深沉晦澀，「以前的事，是我對不起妳，但我不是千旭。」

駱尋克制悲傷，平靜地說：「殷南昭，我知道你不是千旭，但我心裡的困惑只有你能解釋。」

殷南昭抬眸看向她，「妳想知道什麼？」

她想知道什麼？知道了又能怎麼樣？

駱尋心潮翻湧，卻在回首時恍惚了。

四目相對，猶如陌上初相逢，可往事已如昨夜煙火。

……

第一次和千旭相遇，是偶然。

早在她來奧丁前，殷南昭就已經改容易貌在阿麗卡塔生命研究院治病了。

殷南昭對所有人隱瞞了身分，並不是特意針對她。

只不過，之後他的確順水推舟，利用了千旭的身分，讓她卸下心防。

那個時候，她的行為和他們的預期不同。人人都懷疑她會和阿爾帝國裡應外合，做出不利於奧丁聯邦的事。

殷南昭肯定也想弄明白她是不是居心叵測。

當她把他當成溫暖的光源，莽撞地靠近時，他順勢而為，觀察她的所作所為。

當紫宴、封林他們都漸漸放下疑心時，他卻看出她只是把阿麗卡塔當成人生的中轉站，並沒有視作家園、打算長居。

她甚至傻乎乎地發訊息，親口告訴他，她申請參與基因研究不是因為喜歡，而是為了能有一技之長，方便將來離開奧丁時可以不餓肚子。

殷南昭明明知道她有異心，但他心思詭異，行事出乎意料。

如果是棕離，肯定會全力扼殺；如果是紫宴，肯定會暗中阻止；如果是辰砂，肯定會冷漠相對；就算是最溫和的封林，如果知道她根本沒打算留在奧丁聯邦，也肯定不會友善對待。

可是，殷南昭竟然沒有絲毫介意，反而大度配合、全力支持。

她申請加入生命研究院，他投下關鍵的一票，幫她實現願望。

她怕保不住工作，他提醒她可以去醫學院學習，讓楚墨開綠燈放行。

她想提升體能，他做她的老師，嚴格訓練她。

她想瞭解阿麗卡塔，他帶她四處旅行，讓她熟悉阿麗卡塔的風土人情。

……

所有這一切，並不是因為殷南昭相信她，而是因為他相信自己。

他就像一個強大自信的獵人，明知道她是狼崽子，依舊精心飼養，想要馴化她。

他任由她茁壯成長，一日日變得強大。

如果能養熟，為他所用自然好，養不熟也不怕，大不了等著她亮出獠牙時，一槍擊斃。

幸虧她從沒動過其他念頭，一心一意只顧著往前跑。

十年時光，水滴石穿。可殷南昭心如寒鐵，依舊沒有相信她。

在歡迎執政官歸來的晚宴上，蝴蝶兵團刺殺他。

其他人為了捉拿刺客，忽略了一直安分守己的她，但殷南昭沒有。

他肯定看到了她被劫持，卻沒有阻止，將計就計地讓劫匪帶走她。

他尾隨在後、藏身暗中，看著她被毆打，看著她拚死掙扎，直到她要和劫匪同歸於盡的最後一刻，千旭才現身救下她。

應該直到那一刻，殷南昭才真正相信了她，判定她不會危害奧丁聯邦。

幾千個日子，點點滴滴，匯聚成璀璨星光，照亮了她灰暗的人生。她真的被千旭馴化了，真正愛上了阿麗卡塔。

當她告訴千旭，決定留下定居時，殷南昭覺得千旭的任務已經完成，打算功成身退。

正好碰到自己病發、她的身分被棕離揭穿，殷南昭趁機提出絕交，想要結束這次的角色扮演。

可是，殷南昭千算萬算都沒有算到，他眼中的小玩意，他想要為奧丁聯邦馴化的小狼崽，竟然愛上了他扮演的角色。

殷南昭應該覺得很荒謬吧？

他一再拒絕，她不但沒有退縮，反而糾纏不休。

她傻乎乎地向他坦白她是假公主，請求他和她私奔，逼得他不得不殺了千旭，斷絕她的念頭。

…………

往事清晰如昨，從心頭一一掠過，曾經的無數疑問，竟然都不想問了。

就算殷南昭親口承認了又如何？

一聲「對不起」，是能抹去情竇初開時的心悸歡喜，還是能抹平痛失愛人時的肝腸寸斷？

駱尋輕聲說：「只有一個問題，既然已經決定了要在岩林裡殺死千旭，為什麼還要讓千旭告訴我喜歡我？」

殷南昭沉默。

駱尋以為他永遠不會回答時，卻聽到他淡淡地說：「沒有人告訴過妳嗎？我本來就是魔鬼。」

駱尋心如針扎，笑著嘆氣：「壞得這麼理直氣壯，你的確不是千旭。」

殷南昭一言不發。

駱尋說：「我剛知道真相時，很憤怒難過，想要恢復記憶，跟著葉玠永遠離開阿麗卡塔。現在想想，我覺得自己是在變相自殺，懦弱得不像是我。大概……我真的很愛千旭。」

殷南昭再次冷聲說：「我不是千旭。」

駱尋譏笑，「這句話你已經強調了無數遍，你究竟在害怕什麼？」

殷南昭垂下眼眸，淡淡地說：「我害怕妳看到我的臉就忘記了我做過的事。我是魔鬼心殷南昭，不是陽光溫暖、乾淨美好的千旭。」

駱尋臉上的笑淡去。

她彎下身子，趴在醫療艙邊，盯著殷南昭的臉，「放心，我知道你不是千旭，沒打算把你當成他的替代品。我愛的是千旭，不是你。」

殷南昭緩緩抬眸，安靜地看著她。

兩人臉臉相對，近在咫尺，都在對方黑漆漆的瞳孔中看到了自己。

曾經，耳鬢廝磨、親密無間，最熟悉的面容。

現在，咫尺天涯、疏遠淡漠，最陌生的眼神。

殷南昭忽地笑了，「那就好！」

Chapter 7

龍之心

她在裡面，我能感覺到她遲早會醒來。
我不怕消失，但是我怕她醒來後會利用我知道的一切傷害你們。

殷南昭在醫療艙裡療傷。

駱尋背對著醫療艙，側身躺在醫療床上想心事。

她到現在都沒弄明白，為什麼殷南昭的身體時而潰爛，時而又沒有任何異樣。應該和他化名千旭去阿麗卡塔生命研究院治療的怪病有關，不過連七個公爵都完全不知道的事，她更沒資格查問。

還有，殷南昭說他知道她是誰，駱尋相信他說的是真話。可是，為什麼他不肯直接告訴她呢？她的身分有什麼古怪嗎？

駱尋思緒紛雜，躺得時間久了，竟然迷迷糊糊睡著。

突然驚醒時，看到醫療艙裡是空的。

她嚇得立即跳下醫療床：「千旭！」

已經打開醫療室的門，要衝出去，聽到後面傳來沙沙的噴水聲，急忙又轉身衝回去，拉開天藍色的醫用隔斷簾，隔著玻璃門，看到氤氳的水氣中一個模糊的人影在沖澡。

駱尋不悅地質問：「人在裡面，為什麼不出聲？」

「妳叫的不是我。」殷南昭泰然自若，一副天經地義、理所當然的樣子。

水聲停止，自動玻璃門打開。

駱尋唰一下把簾子拉上，又唰一下把簾子拉開。殷南昭眼明手快，抓起白色床單搭在身上。

白練飄揚、驚鴻一瞥間，駱尋的心突然漏跳了一拍，第一次意識到那是男人的身體，不是病人的身體。

殷南昭手搭在胸前，按著白床單，靜看著駱尋。

駱尋捋了一下耳邊的頭髮，若無其事地說：「讓我看看你傷口恢復得怎麼樣了。」

「恢復得很好。」

兩人沉默地對視，像是在對峙。

一分鐘後，殷南昭無奈，正要拉下床單，駱尋卻突然轉過了身，「下次不能這麼快洗澡，不要仗著自己是3A級體能就胡來。」

殷南昭穿好作戰服，打開醫療室的門徑直離開了。

駱尋愣了愣，急忙去追，「千……殷南昭！」

殷南昭站住，等著她追上來，「不要叫殷南昭。他們不知道我的身分。」

「那要叫什麼？頭兒？老大？」

「……千旭。」

「……」駱尋看著殷南昭。

「化名。」殷南昭似乎也有點尷尬，頓一頓說：「烏鴉海盜團的團長。」

駱尋滿臉震驚。居然真的是海盜團！還是星際間最神祕、最有名的海盜團！

她雖然兩耳不聞窗外事，但星網上關於烏鴉海盜團的傳說太多，以致連她這個科研宅都聽說過烏鴉海盜團的大名。

駱尋不解：「為什麼要當海盜？」

「方便做事。我們是聯邦永遠不會有紀錄，也永遠不會承認的特別行動隊，直接聽命於執政官，還有另外一個通俗點的稱呼叫敢死隊。」

駱尋明白了，看來他們經常要做一些不能以聯邦名義去做的事。難怪傳說中烏鴉海盜團總是神出鬼沒、行蹤飄忽，幾百年來沒有人能摸清楚他們的底細。

駱尋好奇：「你們究竟做了什麼，讓龍血兵團緊追著不放？」

* * *

殷南昭帶著駱尋走進飛船主控室，裡面正在工作的人七零八落地打招呼。

一片和諧的「頭兒」聲中，一聲甕聲甕氣的「大嫂」格外刺耳。

主控室一下子安靜了，大家都看著房間裡唯一的新鮮面孔。

駱尋裝作被窗外的璀璨星空吸引了，聚精會神地盯著看，想假裝沒有聽見混過去。

獨眼蜂竟然又叫了聲「大嫂」，大步走到她面前，九十度深鞠躬，「之前冒犯大嫂了。」

駱尋鬱悶到不行，朝殷南昭尷尬地笑。

殷南昭面無表情地看著駱尋，「大嫂？」

船員們覺得氣氛詭異，都睜大眼睛、豎起耳朵，興致勃勃地看戲。

獨眼蜂撓撓頭，困惑地看看頭兒，又看看駱尋，不安地對殷南昭解釋：「駱尋說……她是頭兒的女人。」

殷南昭眉頭微挑，一臉「我怎麼不知道」的譏嘲。

駱尋惱羞成怒，瞪著殷南昭，「千旭在岩林裡答應了我的求婚，我和千旭已經是未婚夫妻關係，我說自己是千旭的女人，有問題嗎？」

殷南昭啞口無言。

主控室內響起此起彼伏的驚嘆聲，紅鳩笑嘻嘻地說：「頭兒，原來你是被求婚啊！」

殷南昭瞪了他一眼，他縮縮脖子不敢說話了，卻偷偷對駱尋伸出雙手，比了兩個大拇指，表示萬分崇拜。

殷南昭打開監控螢幕，看著兩個艙房的監控畫面。

「這就是龍血兵團緊追不放的原因。」

駱尋一臉震驚，竟然是約瑟將軍和洛蘭公主。

殷南昭居然把葉玠手裡最重要的兩張牌搶了過來，那可是星際中威名赫赫的龍血兵團的駐地！

「你怎麼做到的？」

殷南昭言簡意賅，沒有敘說激烈的交戰過程，只陳述交戰結果：「我們混進龍血兵團，劫持了他們。撤退時，龍血兵團擊毀了飛船的能源組，現在能源不足，不能正面迎戰，也不能空間躍遷，只能常規飛行，一直不能真正甩掉他們。」

「不能空間躍遷，那要多久才能回到奧丁聯邦？幾個月還是幾年？」

殷南昭沒有回答，紅鳩說：「我們會設法到能源星補充能源，一切順利的話，應該要不了那麼久。」

殷南昭點點監控螢幕上的洛蘭公主，問駱尋：「要去見她嗎？也許她能回答妳的疑問。」

駱尋心情複雜地盯著洛蘭公主，遲疑著沒有說話。

「怎麼了？妳怕她？」殷南昭的感覺十分敏銳。

「也不是怕，就是有點心虛，覺得自己像是她的一個影子。」畢竟駱尋可是借用人家的身分生活了十幾年。

「妳是駱尋，不是她的影子。」

駱尋衝他眨眨眼睛，笑瞇瞇地說：「嗯，我是駱尋，千旭的未婚妻。」

殷南昭沒理會駱尋的調戲，朝主控室外走去。

駱尋急忙跟在他身後，「你審問過他們了嗎？」

「沒有。審問是紫宴的工作，我沒興趣。」

* * *

兩個艙房，一個關著洛蘭公主，一個關著約瑟將軍。

殷南昭對守在外面的四個警衛說：「你們下去。」

等四個警衛離開後，他指著左手邊的艙房，對駱尋說：「裡面是洛蘭公主。」駱尋走了幾步，卻在最後關頭，一個轉身向約瑟將軍的艙房走去。

殷南昭冷眼看著。

駱尋心虛地看了他一眼，嘴硬地說：「一看洛蘭公主的樣子就知道她被葉玠保護得很好，估計知道的事情不多，約瑟將軍知道的應該多一點。」

「我什麼都沒說。」殷南昭表情漠然。

駱尋敲敲艙門，走了進去，「將軍，好久不見。」

約瑟將軍滿臉驚訝，「我就覺得海盜團膽子再大也不可能混進龍血兵團綁架人，果然是奧丁聯邦。沒有想到烏鴉海盜團竟然是他們的人，一幫死鳥倒是很符合異種的風格……」

駱尋重重咳嗽，示意他先別考慮烏鴉海盜團的事，關注一下她。

約瑟將軍上下打量一番，嘲諷地問：「妳這是來幫異種做說客嗎?別忘記王子的救命大恩!」

駱尋客客氣氣地讓他碰了一個軟釘子，「沒有恩，只有交易。葉玠救我一命，我扮演好洛蘭公主，現在他自己挑破了假公主的身分，我們的交易已經結束。」

約瑟將軍怒瞪著她，「真不知道王子為什麼要選擇妳去代替公主，明明是基因純粹的人類，卻甘願和低賤的異種沆瀣一氣。」

「我也真不知道你為什麼要背叛阿爾帝國，明明是國之大將，卻甘願和葉玠勾結，顛倒黑白、陷害皇儲。」

約瑟將軍猛地站起來，滿面憤慨，「顛倒黑白的不是我!妳什麼都不知道就不要亂說!」

「我不知道什麼?」

約瑟將軍意識到自己反應過激了，立即收斂情緒又坐了下去，冷淡地說：「我說的都是實話，是英仙邵靖策畫了一切，沒有汙蔑。」

駱尋知道再問不出有用的信息，客客氣氣地離開了。

＊　＊　＊

殷南昭一直等在艙房外面，背靠著透明的觀察窗，身後是璀璨無垠的浩瀚星空。他雙手交叉環抱在胸前，安靜地看著駱尋。

駱尋對他聳了聳肩，表示一無所獲，「約瑟將軍不知道我是誰。而且，他對異種很痛恨，不可能說實話，背叛葉玠幫助奧丁。」

殷南昭一臉盡在預料中的淡然，「我知道。約瑟將軍那樣才正常，妳是異類。」

駱尋沉默了一會兒，問：「你上次說你知道我是誰。」

殷南昭淡淡地「嗯」了一聲。

「我是誰？」

殷南昭沒有回答，視線看向洛蘭公主的艙門，示意她去問洛蘭公主。

駱尋逃避地說：「我對政治、經濟、戰爭完全不懂，也完全沒有興趣，只是想知道自己是誰，你直接告訴我不就行了？」

殷南昭沉默地走過去，打開了洛蘭公主的艙房門，展手做了個請的動作，示意她進去。

駱尋滿心憋悶，只能硬著頭皮往裡走。

她經過殷南昭身旁時，冷冷地說：「你的確不是千旭！」

殷南昭面無表情，一言不發地幫她關上了艙門。

＊　＊　＊

駱尋琢磨著，洛蘭公主肯定知道她，但兩人畢竟還沒有真正見過，她應該先禮貌地自我介紹一下。

沒有想到，洛蘭公主一見到她，立即就站了起來，表情警戒，還隱隱透著畏懼。

駱尋覺得洛蘭公主的反應不像是正品見到冒牌貨，她念頭急轉，暗自使了個詐，像是熟人一般微笑著打招呼：「公主殿下，好久不見。」

洛蘭公主臉色蒼白，表情不安，色厲內荏地尖聲質問：「到底是怎麼回事？妳為什麼要派人把我從龍血兵團綁架出來？」

駱尋模稜兩可地說：「葉玠沒有告訴妳原因嗎？」

「沒有。我一直納悶怎麼有人能混進龍血兵團綁架人，原來是妳！」

駱尋想了想，問：「如果葉玠現在問妳，妳和誰在一起，妳會怎麼說？」

洛蘭公主莫名其妙，不滿地瞪著駱尋，「實話實說，就說我和龍心在一起。怎麼了？妳敢做不敢認嗎？龍心，妳又在耍什麼花招？還嫌給葉玠哥哥惹的麻煩不夠多嗎？」

駱尋大腦一片空白，全身發寒。

龍心？她竟然是龍血兵團的人！

雖然還不知道龍心究竟是做什麼的，但一個稱呼已經暗示了太多。如果龍頭是龍血兵團的大腦，龍心就應該是龍血兵團的心臟，她在龍血兵團的權力應該僅次於葉玠，甚至不低於葉玠。

洛蘭公主問：「妳臉色好難看，怎麼了？」

駱尋立即轉身，頭也不回地衝出了艙房。

✷ ✷ ✷

駱尋心亂如麻。

十多年來，她問了無數遍「我是誰」後，現在終於有了答案。

她是龍心！

可是，龍心是誰呢？

龍心究竟是做什麼的？和龍頭又究竟是什麼關係？

走廊盡頭，殷南昭背對著她，站在觀察窗前，凝視著外面的浩瀚星河。

駱尋腳步沉重地走過去，看著他筆直的背影，怯生生地問：「你聽到了嗎？」

「嗯。」

「我是龍心。」

「嗯。」

龍血兵團和奧丁聯邦是死對頭，不但企圖盜取聯邦的機密資料，還曾派人刺殺過他。他早知道她是龍心，不但波瀾不驚，還一直以禮相待，也真是好涵養。

駱尋難過地問：「你什麼時候知道我的身分的？」

「看到妳幫自己注射那管藥劑，推測妳和龍血兵團關係密切，回去查閱完龍血兵團的所有資料，就大致確認了妳的身分。」

駱尋以為自己發現千旭就是殷南昭很刺激，沒想到她竟然毫不客氣地回敬了殷南昭一份大禮。

她苦澀地問：「你不會是因為這個刺激才昏迷過去的吧？」

殷南昭淡淡地說：「看到妳幫澤尼動手術的影片時，我已經有了心理準備。失憶前的妳絕不會是無名之輩，這世間任何不合情理的事背後，都必定有一個合情合理的解釋。」

駱尋恍若自言自語地低聲呢喃：「因為我並不是第一次做高難度的基因手術，澤尼手術的成功不是偶然，而是必然。」

她想起自己做過的夢——她在做基因手術，葉玠陪著她。

也許那根本就不是夢，而是藏在她大腦深處的龍心的記憶。

難怪十一年時間她不但修完了醫學院的課程，獲得了行醫執照，還成了高級基因研究員，獲得了基因修復師的執照。她一直以為是因為自己非常刻苦，天賦又不錯，原來只不過是因為她重走了一遍早已經熟悉的路。

「你能告訴我關於龍心的事嗎？」駱尋覺得事情已經逼到眼前，不能再逃避，必須面對。

殷南昭轉身看著她，似乎在確認她是否真做好了準備。

駱尋擠了個虛弱的笑，眼神卻十分堅定，「我想知道龍心是個什麼樣的人。」

殷南昭緩緩開口：「龍心在龍血兵團的地位很重要，應該是僅次於龍頭的核心人物。龍血兵團有一支體能卓絕、悍不畏死的龍息軍，據說體能全部是A級，應該和龍心有很大關係。可以說，龍頭負責使用龍息軍，龍心負責打造龍息軍。英仙葉玠想帶妳回去，感情是一個重要原因，龍血兵團不能失去龍心也是一個重要原因。」

「哦。」駱尋一臉茫然，像是聽別人的故事。她竟然有能力打造出一支體能全是A級的軍隊？

「龍心很低調神祕，聯邦的資料庫裡有龍頭的紀錄，卻沒有龍心的紀錄。如果不是這次我下令不惜一切代價徹查龍血兵團，任何蛛絲馬跡都不能放過，也許現在都沒有人知道龍血兵團有龍心這個人。」

駱尋茫然地點頭，一個大權在握、能力卓絕，卻低調神祕的女人。

「龍心富可敵國，也許是全星際最有錢的人。」

她竟然是星際首富？駱尋驚詫地瞪大了眼睛，「龍心是商人？」

「她是基因學家。妳喜歡喝的幽藍幽綠、幽藍幽碧就是她隨手研究的小玩意，好幾款很受軍人歡迎的功能性飲料也是她的研究成果。每銷售一杯，她就會收到專利費。她還有很多藥劑專利，授權給不同的生物醫藥公司銷售到全星際，幾乎涉及人體的每個器官。特效處方藥、常規非處方藥裡都有龍心的專利，也許妳受傷時，就用過她研製的藥劑。」殷南昭頓了頓，「現在拍賣場裡千金難求、有市無價的體能潛力激發劑，很有可能也是龍心研製的藥劑。英仙皇室已經幾百年都沒有出過2A級體能者了，英仙葉玠能到2A級體能，應該和龍心有密切關係。」

這麼厲害的人物就是她？駱尋像是聽天方夜譚，一臉呆滯。

「相較於研究藥劑，龍心好像更喜歡研究基因武器。」

駱尋驚駭：「基因武器？」

「這方面的資料非常少，我只查到一條。二十多年前，辰砂獨立指揮戰役不久，在T星域打了一次惡戰。對手只是一個中等規模的傭兵團，卻在地面作戰中突然使用了一種奇怪的武器。能干擾異種的五感，殺傷力驚人。辰砂當年經驗不足，陷入惡戰。如果不是危急關頭，他體能突然突破到了3A級，只怕已經英年早逝。雖然辰砂最終打贏了那場戰爭，卻是慘勝，他父母留給他的七個親隨，死了一個，重傷一個。」

駱尋眼前浮現出宿七的模樣，一頭蓬鬆捲曲的短髮，一張甜美可愛的蘿莉臉，脖子上卻有一圈恐怖的傷疤。以現在的醫療技術，不可能消除不掉那種傷疤，唯一的解釋就是宿七故意留下，不允許自己忘記。

駱尋吐字艱澀：「重傷的……是宿七？」

「嗯。死掉的是宿四，聽說是為了救宿七。」

一股寒氣從腳底直衝腦門，駱尋全身寒毛倒豎，「那個武器是……是……」

「是龍心提供的。」

駱尋臉色煞白、手腳冰涼。如果辰砂知道她是龍心，只怕會乾脆利落地一劍揮下，讓她人頭落地。

殷南昭說：「當年聯邦追查武器來源，查到來自阿爾帝國，但後來並沒有見到阿爾帝國的軍隊使用。現在回看當年的資料，有不少疑點，我推測應該是龍心，沒有想到她早在那個時候就計畫針對奧丁聯邦了，我們卻一無所知。」

駱尋失魂落魄，喃喃問：「龍心為什麼要這麼做？」

「根據調查出的資料，龍心是孤兒，在龍血兵團長大，智商極高，性格冷血偏執，心思詭異莫測，不但是卓越的基因修復師，還有可能是全星際僅存的大師級基因編輯師。她憎惡異種，是堅定的異種歧視者，主張徹底毀滅奧丁聯邦。」

駱尋不願意相信，這種怎麼聽都像是反派大魔王的人怎麼可能會是她?!

她聲音顫抖地問：「會不會認錯了？既然龍心這麼厲害，怎麼會讓自己失憶？」

殷南昭說：「高明的間諜是努力騙過其他人，藉由維妙維肖、天衣無縫地扮演別人，隱藏起真實的自己。但是最頂尖的間諜是努力騙過自己，忘掉自己是間諜，一切不是演戲，而是她就是那個人。如果連自己都成功騙過了，騙過其他人只是水到渠成的必然結果。」

駱尋如遭雷擊，痛苦得連呼吸都艱難，「你是說……我……是間諜？最頂尖的間諜？」

殷南昭沉默。

三管恢復記憶的藥劑……是她自己研製的……

讓她失去記憶的藥劑……很可能也是自己研製的……

以龍心的性格、能力和地位，葉玠不可能逼迫她去做任何她不願意做的事。

原來，是她自己設計了一切！

難怪葉玠聽到她喜歡千旭時，會露出難以置信的荒謬表情。

難怪葉玠確信只要她恢復記憶，她在奧丁聯邦經歷的一切就會煙消雲散。

那一天，葉玠騙了她！

如果她是指尖的一點緋紅，龍心可不是一水晶缸的水，而是一個深不可測的大水潭，那點緋紅不管多麼耀眼，落入了水潭都會煙消雲散。

沒有想到，棕離他們一直懷疑的竟然都是真的！

駱尋頭發暈、腳發軟，不得不靠著牆壁，才能支撐自己站穩。

一直以來，她總覺得自己雖然為了活下去欺騙了辰砂和封林，可所作所為問心無愧，她沒有辜負他們的信任，沒有做任何傷害奧丁聯邦的事。

但是，如果她是冷血偏執的龍心，一個放棄財富、放棄權力，甚至放棄了自己的變態，一個連自己都當作棋子、冷酷地放入棋盤的變態，怎麼可能不傷害奧丁聯邦？

如果辰砂、封林、紫宴他們知道自己錯付了信任，知道了她是龍心，會怎麼做？

駱尋痛苦地問：「龍心……她……她……究竟想做什麼？」

「龍心的目的應該只有她和英仙葉玠知道。我推測，龍心是想全面詳細地瞭解異種基因，最終研發出能徹底摧毀異種的基因武器。」

駱尋驚駭欲絕。

龍心不但是變態，還是瘋子，她的目的不是簡單地摧毀奧丁聯邦，而是清除異種！

最恐怖的是，龍心的計畫竟然成功了！

駱尋完全沒有想到，自己十一年的勤奮努力居然全是在為龍心鋪路，龍心會利用她知道的一切去摧毀她眷戀的一切。

駱尋心中滿是絕望，狠狠地用頭撞牆。

為什麼她會是龍心？究竟是為什麼？

殷南昭伸手擋在了她額頭前。

駱尋低垂著頭，額頭貼在他的手掌上，一動不動地站著，眼淚慢慢浸濕了他的掌心。

殷南昭把駱尋拉進懷裡，無聲地安慰著她。

駱尋趴在他肩頭，壓抑地啜泣。

從葉玠的隻言片語中，她猜測到自己的過去恐怕會讓她難以接受，可是聯想力再豐富，她也不會想到自己竟然是一個冷酷強大、冷血偏執的惡魔。

殷南昭說：「妳不是龍心。」

駱尋狠狠地砸自己的腦袋，「她在裡面，我能感覺到她遲早會醒來。我不怕消失，但是我怕她醒來後會利用我知道的一切傷害你們。辰砂、封林、紫宴……還有一起做研究的同事，我治好的病人……」

想到可能發生的一切，駱尋滿心恐懼，也許只有趁龍心還沒有甦醒時殺了自己，才能避免一切的發生。

殷南昭抓住她的手，安撫地說：「就算妳以前是龍心，以後也不會是。」

駱尋抬起頭，滿臉淚痕地看著殷南昭。

「妳應該私下查了不少殷南昭的資料吧？」

駱尋點頭。

「妳覺得殷南昭知道妳是龍心後，應該怎麼做？」

「……殺了我……」

殷南昭搖頭，「我怎麼捨得呢？」

駱尋表情呆滯，「不捨得？」

「當然！龍心的大腦可是星際間最值錢的大腦，怎麼能隨意殺了？我會先讓棕離和紫宴把妳腦子裡面有用的資訊全榨出來。然後，把妳送給安教授去做活體研究，畢竟是純種基因的身體，應該充分利用，不能隨便浪費。」

駱尋打了個寒顫。

殷南昭問：「害怕我了？」

「你……沒有那麼做。」

殷南昭輕嘆：「是啊，我沒那麼做。因為千旭，殷南昭做不到了。」

駱尋明白他的意思，難過地搖頭，「不一樣。你只是假扮千旭，殷南昭才是身體的主宰。自始至終，每個決定都是殷南昭做的。不像我，我是我，龍心是龍心，我們是截然不同的兩個人！」

殷南昭輕輕擦去她臉上的淚，笑著說：「對啊，妳們是截然不同的兩個人。既然妳都知道，為什麼非要把龍心的事攬到自己身上呢？」

駱尋呆呆地看著殷南昭。

「怎麼了？」殷南昭問。

駱尋突然緊緊抱住他的腰，把臉藏在他懷裡，不想告訴他，他剛才的笑容和千旭一模一樣。

殷南昭身子僵硬了一下，撫著她的頭說：「別怕，我說過這段路我會陪著妳走。妳是駱尋，不是龍心，我不會讓任何人傷害妳，包括妳自己。」

駱尋的眼淚又掉了下來。

她現在才明白為什麼殷南昭醒來後，就不再躲避她。不但直接叫她「小尋」，承認了自己是千旭，還毫不遲疑地把她從監獄帶出來，放在自己身邊。

因為他已經知道，她的真實身分比盜竊基因的死囚犯更可怕，比阿爾帝國的間諜更危險。對異種而言，龍心就是惡魔，估計整個奧丁聯邦只有魔鬼心的殷南昭敢接受她、相信她，也只有他能保障她的安全。

她就像是一顆威力巨大、隨時會爆炸的炸彈，一個不小心，不但會炸死人，還會給奧丁聯邦帶來滅頂之災。殷南昭明知道最穩妥的方法是立即銷毀，把危險扼殺在萌芽狀態。但是，他做不到，只能把這枚恐怖的炸彈攜帶在身邊，既是防止炸彈炸死別人，也是防止別人銷毀炸彈。

Chapter 8 情深

沒有人生下來就是金剛不壞之身，
如果有一天非要挖傷口，我希望目的是療傷，而不是證明。

駱尋坐在餐廳的角落裡，悶悶地看著窗外的星空。

「發了一天呆，肚子不餓嗎？」

殷南昭把一份營養餐放到她面前，坐在她對面。

駱尋拿起湯匙，卻實在沒有胃口。

殷南昭能天塌下來當被子蓋，她卻不行。雖然他說了這段路會陪她一起走，可他畢竟是殷南昭，不是千旭。

駱尋用湯匙一下下戳著營養餐，恍恍惚惚間想起千旭曾經為她準備的桃心形營養餐，還有異種丘比特的故事，情緒更加低落了。

殷南昭問：「在想什麼？」

駱尋掩飾地說：「在想還要多久才能回到阿麗卡塔。」

「再過幾個小時能到能源星，順利補充到能源的話，應該一兩天就能回去。」

「那很快了。」駱尋挖起一勺營養餐，把湯匙傾斜，看著綠色的糊糊一點點掉回餐盤裡，「你覺得我回阿麗卡塔……真的合適嗎？」

「不回阿麗卡塔，妳能去哪裡？」

駱尋被問住了。

是啊！不回阿麗卡塔，她能去哪裡？

以前還可以說「星際浩瀚，何處不可容身」，現在卻明白了，星際浩瀚，可就是容不下她。龍血兵團不會允許龍心離開，阿爾帝國不會允許假公主離開，奧丁聯邦更不會允許她離開。

駱尋心情沉重壓抑，鬱悶地想再戳幾下營養餐，湯匙卻落了空。

殷南昭把駱尋蹂躪得看上去更加難以下嚥的營養餐拖到自己面前，把一罐水果味的營養劑和一盒紫紅色的櫻桃放到駱尋面前。

因為太占空間、儲存麻煩，新鮮水果在戰艦上可是稀罕物，是只有傷員才能享用的福利。

駱尋驚訝地問：「給我的？」

「我不喜歡櫻桃。」殷南昭舀了一勺營養餐塞進嘴裡。

駱尋看著殷南昭。

殷南昭頭也不抬地說：「光看我可看不飽，龍血兵團還追在後面，也許有這頓沒下頓，妳最好吃飽點。」

「烏鴉嘴！」駱尋的心情突然好了一點，拿起營養劑喝起來。

五個小時後，飛船到達能源星。

這是一顆能源已經快要枯竭的星球，擁有它的小星國沒有能力把它再開發出其他用途，只能任由它慢慢死去。

從太空中看過去，整顆星球沒有一點綠色，全是溝壑縱橫、高低起伏的褐色荒原，一片死寂。

飛船漸漸靠近太空港後，才感受到一點生氣。

稀稀拉拉停著幾艘民用飛船，正在等待補給能源。運輸車來來回回，裝卸著能源礦石。巨大的機械臂在智腦的控制下忙碌地工作著。

他們的情況比較特殊，智腦肯定無法處理，申請了人工處理。

飛船是戰艦改造的，表裡不一。

不是簡單的補充能源，而是需要購買新的能源組替換掉被擊毀的能源組。

軍用物資受到管制，不可能說買就買，好在當年改裝時就已經考慮過這種情形，經過高手的設計，可以用兩個民用飛船的能源組改裝成一個飛船能用的能源組。

紅鳩自告奮勇，「我來過這裡補充能源，比較熟悉，我去交涉。」

殷南昭問：「什麼時候？」

紅鳩尷尬地笑，「五六十年前吧！」

殷南昭說：「我去。」

「不行！」所有人都反對。

紅鳩說：「頭兒，大家不是第一次出任務了，接到召集令的一刻就做好了死的準備。不是你的命比我的命更寶貴，只是現在還輪不到你去冒險。」

殷南昭淡淡地說：「我知道你們都有犧牲的覺悟，但你們的命屬於聯邦。這次的任務我有私心，並不全是為了聯邦。之前已經犧牲了六個隊友，這次我去。你們都留在飛船上，情況不對立即撤退，把那兩個人帶回聯邦，交給指揮官。」

駱尋咬著唇，像是生氣了，轉身就衝出主控室。

「頭兒……」

殷南昭抬了下手，示意他們都閉嘴。

他核對完採購清單，裝好武器，戴上頭盔，下令：「準備打開艙門。」

艙門打開，殷南昭抓著懸梯，落到地上。

他對通訊器說：「安全。」

懸梯收回，船艙門即將關閉的一會兒，一個人影從縫隙裡疾掠而出，狼狽地落在殷南昭身旁。她穿著不太合身的作戰服，背著行軍包，戴著作戰頭盔，雖然看不見臉，可一看身形就知道是駱尋。

殷南昭冷斥：「我已經下令……」

「我又不是軍人，更不是你的隊員，幹嘛要聽你的命令？」她狠狠戳了一下殷南昭的胸膛，「從現在開始，你在哪裡，我在哪裡！」

殷南昭沉默地盯著駱尋。

駱尋指指自己的腦袋，假笑著說：「裡面是龍心，你把我放在你的隊友中，真的放心嗎？」

殷南昭知道趕不走她，只能讓步。

他跳上擺渡車，「跟緊了！」

駱尋急忙追上去。

擺渡車馳向太空港的控制樓。

駱尋警戒地四處張望，到處都是忙碌的機器人，偶爾看到幾個人，也都在專注地工作，沒有任何異狀。

「別看了，沒有異狀也要被妳看出異狀了。」殷南昭坐在擺渡車上，泰然自若、目不斜視，簡直像是在自己家。

駱尋深呼吸，努力讓自己表現得不要太丟人。

＊　＊　＊

擺渡車停在控制樓外面。

殷南昭和駱尋跳下車，按照機器人的指引走進大樓。

接待他們的是一個虛胖的中年人，說話時沒有一絲笑容，帶著一點怨天尤人的刻薄，很像是一個在偏遠能源星上常年坐在屋子裡盯著機器人工作的管理員。

殷南昭的表現讓駱尋目瞪口呆。

他舉止輕佻、動作浮誇地摘下頭盔，拋給駱尋，快步走上前，熱情地和胖管理員打招呼。

他臉上堆著巴結的笑，說話略有點結巴，眼睛裡滿是底層小人物的市儈算計，絞盡腦汁地想說點恭維好聽的話，卻胸無點墨、言語粗俗，一句都說不到點子上。

胖管理員態度傲慢，眼中藏著鄙夷不屑，帶著一點不耐煩，十分冷淡。

殷南昭點頭哈腰地湊到管理員身旁，悄悄把一塊寶石塞到管理員的手裡。

他自吹自擂是做大買賣的星際商人，身手不凡、見多識廣，卻前言不搭後語，讓人覺得他完全就是一個錢財來路不正、行為粗魯、沒有腦子的海盜。

胖管理員滿意地摸著手心裡的寶石，擠出一絲虛偽的笑，詢問殷南昭需要什麼。

殷南昭說飛船遇見隕石，能源組被撞壞了，需要兩個C4型號的能源組，還有一些雜七雜八的零件。

胖管理員審核完採購清單，覺得沒什麼異常，全部答應了，只是價格都比星網上看到的貴三分之一。

殷南昭爽快地同意了。

胖管理員愉快地讓機器人準備能源組和零件。

其實，星際海盜是他們這些人最歡迎的顧客，大家心照不宣，各賺各的錢。被派到這種地方工作的人都是沒有什麼背景，也沒有什麼能力的人，如果再不撈點外快，人生就真沒有任何盼頭了。

東西很快就準備好了，殷南昭查驗過貨物，確認沒有問題後付了帳。

兩人乘坐擺渡車，跟在兩輛運貨的大貨車後面，向著飛船停泊的港口駛去。

駱尋輕鬆了點，「現在安全了嗎？」

「那個管理員沒有問題。」殷南昭依舊像之前一樣，泰然自若、目不斜視地坐著，似乎對周圍的一切完全不在意。

駱尋想到他剛才脫胎換骨般的演技，譏嘲地問：「演技那麼好，是騙了多少女人練出來的？」

殷南昭雲淡風輕，「當然是騙了不少。」

明明隔著頭盔什麼都看不到，駱尋卻感覺到殷南昭在笑。她難受地轉過了頭，雖然早已經知道千旭只是他演出來的人物，可是，親眼證實和心理上知道是兩回事。

殷南昭坦然地說：「自尊自愛、誠實守信、正直善良……這些美好的品德，從來沒有在我的人生中出現過。做奴隸時，不管多痛苦，都必須笑，嘴巴甜會撒謊的孩子才討人喜歡，能少挨打、多得到食物。在敢死隊時，沒有對錯善惡，只有任務，想要活下來，不但要能打能殺，還要能拐能騙。我能一直活到現在，肯定殺過很多人，也騙過很多人，有壞人、有好人，有男人、有女人。」

駱尋心裡滿是苦澀，卻裝作毫不在意，自嘲地說：「明白了，我不是你第一個騙的人，也不會是你最後一個騙的人。」

殷南昭看了眼駱尋，笑著說：「很抱歉，我不是溫暖乾淨的千旭，不是妳喜歡的樣子。」說著抱歉，可他的聲音裡聽不出一絲抱歉，甚至帶著若有若無的譏諷嘲弄。

駱尋胸悶心窒，緊咬著唇一聲不吭。

殷南昭的冷酷無恥，讓她無比清晰地感受到，她心心念念的千旭再也回不來了。那個孤身行走於黑暗，卻還在給予他人溫暖的謙謙君子只能留存於她的記憶。

＊＊＊

擺渡車停下。

殷南昭給飛船上的隊員指令：「收貨。務必小心，不要離開飛船！」

駱尋聽到他的話，明白危險還沒有過去，立即又緊張起來。

飛船一側的艙門打開，獨眼蜂帶著幾個人把守在艙門口，看著巨大的機械臂在智腦的操控下把貨物緩緩運進飛船。

殷南昭看了眼四周，對駱尋說：「妳先上去。」

「你在哪裡，我在哪裡。」駱尋站在他身邊沒有動。

時間一分分流逝，貨物一箱箱搬運進船艙，看上去一切順利。

正在送第二個能源組時，搬運貨物的機械臂突然失靈，裝著能源組的箱子掉下，卡在艙門口。

同一時間，周圍響起槍聲，停在港口四周的大貨車打開，裡面擁出無數全副武裝的傭兵。

殷南昭立即把駱尋撲倒在地，一邊開槍還擊，一邊對飛船主控室的隊員下令：「起飛！」

通訊器裡是紅鳩的聲音：「你還沒有上飛船！」

殷南昭喝令：「立即起飛！」

紅鳩沒有辦法，只能執行命令，「準備起飛，關閉艙門！」

說話間，已經有人從四面八方衝了過來，想要從還開著的艙門強行進入飛船。

獨眼蜂的人分成了兩撥，一撥阻擊敵人，一撥想把卡在艙門口的能源組拽進去。

殷南昭對身下的駱尋說：「趕在艙門關閉前，衝進飛船。」

「好！」

殷南昭抽出了武器匣，手一揚，黑色的武器匣像是蒼鷹展翅般唰一下打開，是一把碩大的紅色鐮刀，刀把就有三米多長。

揮舞間，光華耀眼，像是收割麥子一樣，所過之處，人頭一個個全都被收割走，鮮血漫天飛濺。

駱尋借助他的掩護，快速地跑向飛船艙門。

轉眼間，地上的屍體密密麻麻倒了一層，可敵人悍不畏死，越來越多。

飛船的引擎已經啟動，艙門卻一直遲遲關不上。

警報聲尖銳地鳴叫，提醒著強行起飛有爆炸危險。

殷南昭命令：「獨眼蜂，去關艙門！」

無數次並肩作戰、出生入死，已經習慣了無條件執行命令。獨眼蜂沒有去質疑他一個人如何抵擋住無數敵人，而是立即收起武器，帶著所有人過去幫忙。

駱尋爬上了船艙，和大家一起用力，終於把卡在艙門口的能源組拽進了飛船。

「10、9、8……」

智腦開始起飛倒計時，艙門漸漸合攏，殷南昭仍然置身敵人中間，還在阻殺敵人。

駱尋著急地大叫：「千旭！」

殷南昭把鐮刀往地上一撐，像是撐竿跳高一樣拔地而起，一躍三十多米遠，從所有人頭頂上飛過，落到艙門口。

他收回鐮刀時，血紅的刀鋒正好把緊追過來的人的腦袋全部收割掉。

倒計時結束，艙門合攏、飛船升空。

眾人剛鬆了一口氣，卻發現艙門還是沒有真正關上。

原來，之前突然失靈的機械臂卡在門軸，機械臂的另一端連在太空港上重達幾百噸的底座上。

「危險！危險！危險……」智腦判斷出有爆炸危險，艙門四周的紅色警報燈不停地閃爍，提醒艙門附近的人盡快撤離。

大家又拿槍射，又拿刀砍，用了各種武器想要把機械臂砍斷。可是，這種機械臂是為裝載巨型貨物、拖運飛船製造的，非同尋常地堅固，沒有專業切割工具，根本沒有辦法輕易砍斷。

引擎轟鳴聲中，飛船向上推進的力量越來越強，艙門口已經能看到火花四濺。

獨眼蜂滿臉都是汗，舉著槍瘋狂地掃射機械臂。

「別浪費子彈了。」殷南昭拍了下他的肩膀，輕輕一躍，就從沒有關攏的縫隙裡躍出了飛船。

他落在地面的操作臺上，關閉失靈的智能操控，開啟手動操控，把機械臂從艙門口收回來。

艙門立即關閉，飛船騰空而起，衝進太空。

獨眼蜂滾倒在地上，眼裡淚光閃閃。

他最後一眼看到，操作臺四周全是敵人，孤零零的操作臺就像是一葉孤舟置身於汪洋大海中。

所有人呆若木雞，沒有一絲平安逃脫的喜悅。

通訊器裡傳來紅鳩興奮的聲音：「順利起飛！所有人安全嗎？」

獨眼蜂擦了把臉上的汗，聲音嘶啞地說：「安全，除了……頭兒沒上來，還有駱尋。」

頭兒跳出飛船後，駱尋也緊跟著跳了出去。

頭兒在操作臺手動移動機械臂時，駱尋在操作臺外掩護他，把所有想射殺頭兒的人都擊斃了。

槍林彈雨。

殷南昭把駱尋拽進操作臺，一邊開槍逼退靠近的敵人，一邊冷嘲熱諷地說：「妳愛的是千旭，不是我，為我把命丟了可不值得！」

「現在是說這個的時候嗎？」駱尋吼。她也覺得自己腦子有問題，但是已經跳出來了，又不可能再跳回去。

殷南昭抬頭看了眼天空，對駱尋說：「抱緊我！」

「什麼？」駱尋一臉呆滯，以為自己幻聽了。

殷南昭顧不上解釋，把駱尋一把拽進懷裡，一個縱躍向上高高跳起，靠著強大的體能抓住了一個正在高空中快速運轉的機械臂。

「抱緊！」他一手要抓著機械臂，一手要開槍阻擊敵人，沒有辦法再照顧駱尋。

駱尋感覺自己在坐雲霄飛車，還是沒有任何保護措施的雲霄飛車。她不得不像個無尾熊一樣，手腳並用，緊緊地環抱住殷南昭，努力不讓自己掉下去。

天旋地轉中，兩人被機械臂扔到了一輛正在裝卸貨物的大型貨車上。

殷南昭問：「會開貨車嗎？」

「不會！」

殷南昭把她按坐到駕駛位上，「妳開車，我狙擊。」

駱尋要瘋了，茫然地看著眼前的操作臺。

「玩過玩具車嗎？綠色前進，紅色停，很簡單。」

殷南昭拿出武器匣，沒有把它變成巨型鐮刀，而是組裝成了一把能量狙擊槍。

「玩具車！」駱尋咬了咬牙，把控制桿順著綠色箭頭的方向一推到底。

引擎咆哮，大貨車像是喝醉了酒暴走的大漢一樣，歪歪扭扭、橫衝直撞地疾馳向前。

有人衝過來，想要阻截他們。

駱尋猶豫間，殷南昭反手開了幾槍，把那幾個人擊斃了。駱尋再不遲疑，緊咬著牙，開車衝了過去。

她問：「往哪裡逃？」

「哪裡人少往哪裡逃。」

駱尋稀裡糊塗把車開出了太空港。

大貨車歪歪扭扭地奔馳在一望無際的褐色荒原上，一路帶起滾滾沙塵。

敵人緊追不放，地面上有裝甲車追趕，天空中有飛艇追擊。

駱尋覺得他們逃不掉。

一個荒涼貧瘠的星球，一輛根本不善於逃跑的貨車，她的駕駛技術又奇爛無比，如果不是殷南昭的狙擊威懾力驚人，估計他們早就被抓住了。

駱尋從後視鏡裡看了一眼背朝她的殷南昭，想不通自己為什麼明知道死路一條，還會頭腦發熱地跳下飛船呢？

他心狠手辣、殺人如麻，沒把別人的命當回事，也沒把自己的命當回事。

他狡詐多疑、獨斷專行，完全沒把世俗的道德標準放在眼裡，行事也完全無所顧忌。

他心思莫測、難以捉摸，還善於演戲，見人說人話，見鬼說鬼話，簡直像是有上千張面孔。

……

駱尋覺得他簡直滿身都是缺點。

辰砂媽媽「人間極品」的評價真是太客氣了，說難聽點，殷南昭根本就是一個心理陰暗、人格分裂、精神扭曲的大變態！

即使他沒有戴頭盔遮住那張臉，駱尋也清楚地知道他不是溫暖美好、細心體貼的千旭。

「能量用完了。」殷南昭把能量狙擊槍復原成武器匣插回腰間。

駱尋心中一驚，下意識地問：「怎麼辦？」

殷南昭說：「我不會投降。」

駱尋看著前方一望無際、溝壑縱橫的死寂大地，心裡竟然異樣地平靜，堅定地說：「你在哪裡，我在哪裡。」

殷南昭盯了她一眼，一手掉轉方向盤，一手把她拽進懷裡，「抱緊我！」

駱尋已經學會不胡思亂想，很主動地摟緊了殷南昭。

殷南昭抱著她從車窗跳出疾馳的貨車。

一枚炮彈擊中了貨車，轟然一聲，貨車爆炸。

漫天火光中，兩人順著陡峭的山壁向下滾去。

駱尋摔得頭暈眼花，所有感覺都變得遲鈍模糊，只隱隱約約中聽到槍聲響個不停，漸漸地越來越遠。

好像過了很久，兩人才停下來。

「小尋？」殷南昭立即去查看駱尋有沒有受傷。

他已經盡力把駱尋護在懷裡，用自己的身體擋去了大部分撞擊，但畢竟是從那麼高的地方摔下來，不敢確保萬無一失。

駱尋清醒了一點，覺得全身上下都疼，忍不住呻吟了一聲。

殷南昭急忙問：「哪裡痛？」

「全身上下哪裡都痛。」

殷南昭鬆了口氣，語氣卻十分清冷：「很好，說明都沒有摔斷。」

駱尋氣惱地推開他，硬撐著坐起來，一邊揉著摔痛的手和腳，一邊齜牙咧嘴地說：「難怪你一直單身，就你這樣能找到女朋友才怪。」

殷南昭沒理會她的抱怨嘟囔，拿出武器匣，變成一把一米來長的鐮刀，「走吧！龍血兵團應該很快就會追過來。」

駱尋看了眼變短了的血紅鐮刀，想起在執政官官邸時，殷南昭要砍自己胳膊的那把血紅彎刀。難怪當時她覺得形狀有點古怪，原來實際上是把鐮刀。

＊　＊　＊

駱尋跟在殷南昭身旁，小心警戒地走著。

出乎意料，荒涼的山谷裡不是寸草不生，竟然長著不少像爬山虎一樣的攀緣類植物。拇指粗細的褐紅色藤蔓，上面長著密密麻麻、又細又長的褐紅色針葉。看上去非常堅硬，像是一根根尖銳的金屬刺。長長的藤蔓有的沿著陡峭的山壁向上攀緣，有的順著高低起伏的大地蔓延開來。雖然長得不算茂密，可看上去也生機盎然。

殷南昭問：「認識這種植物？」

「不認識。」駱尋踢了踢腳下貧瘠的土地，蹲下去仔細看了看，「我覺得這種植物有點古怪，小心點。」

「沒有其他植物共生，很可能有劇毒，注意不要碰到。」殷南昭雖然不懂生物學，但死裡逃生的次數多了，對外部環境的異常十分敏銳。

兩人為了繞開藤蔓，走得不快。

一隊龍血兵團的士兵追了上來。

殷南昭鐮刀揮過，一個人被擊殺，倒在一片茂盛的藤蔓上，鮮血汩汩湧出。

就好像按了啟動鍵，那些植物突然都活了。褐紅色的藤蔓四處游走，像是一條條長蛇纏繞住闖入它地盤的活物。一根根細長的針葉刺入人的身體，像是無數根吸管，飢渴地吸吮著鮮血。

駱尋和殷南昭對藤蔓早有戒備，一直沒敢靠近，追殺他們的人卻忽略了，恰好站在藤蔓附近，所有人都被纏住。

他們拚命掙扎，可越掙扎藤蔓纏繞得越緊。

他們開槍射擊，卻沒任何用處。粗粗細細的藤蔓連綿不絕，斷了頭還有尾，根本不畏懼子彈。

他們嚇得魂飛魄散，伸出手去拽，手卻被藤蔓纏住。

這些植物壓根兒不像植物，它們像是冷酷老練的獵食者，無情地屠殺著獵物。

殷南昭揮舞鐮刀，把撲向他們的藤蔓都砍斷。

「小尋！」他提醒駱尋靠近他。

駱尋卻好像被什麼吸引住了，呆呆地看著眼前的一切，甚至不自禁地往前走了幾步，想要看得更清楚一點。

一條藤蔓扭動身軀，纏向她的手臂。她卻無知無覺，依舊全神貫注地盯著吸食人類的植物。

殷南昭用鐮刀砍已經來不及，因為藤蔓是植物，不是動物，即使砍斷了，也不會立即死，依舊會「咬」上駱尋。

他只能飛掠過去，一把抓住藤蔓的頭。藤蔓如同附骨之疽，立即把刺扎進他的掌心，狠狠吸食。他另一隻手揮舞鐮刀，迅速把藤蔓割斷。過了一會兒，緊緊扎在手上的藤蔓才慢慢鬆開，掉落到地上。

駱尋依舊看得全神貫注，完全忘記了周圍的事。

既然她想看，就讓她看個夠。殷南昭沒再出聲打擾她，只是揮舞鐮刀守護在她身邊。

漸漸地，獵物不再掙扎。

藤蔓把他們重重裹住，像一個個褐紅色的蠶繭，拖拽到根莖處，開始安心享用它們的美食。

空氣中瀰漫著濃重的血腥味。

幾株不死心的藤蔓還試圖來捕殺殷南昭和駱尋，殷南昭正想把它們連根割斷，駱尋突然說：「別砍！」

她從行軍包裡摸出一瓶止血劑，朝著一根撲過來的藤蔓猛噴。

連子彈和鐮刀都不畏懼的藤蔓竟然唰一下躲開了。

駱尋滿面驚喜，拿著止血劑朝著自己狂噴一通，竟然直接朝著飛舞的藤蔓走過去。

殷南昭沒辦法，只能緊跟在她身後，高度戒備，保護以身飼虎的科學怪人。

飛舞的藤蔓一遇到駱尋，就像人踩到臭狗屎一樣，避之唯恐不及，嗖嗖幾下都縮了回去，十分嫌棄的樣子，完全不再搭理駱尋。

「有意思！」

駱尋興致盎然地盯著藤蔓，眼中滿是驚嘆，像是發現了什麼寶貝。

一會兒後，山谷裡徹底恢復平靜。除了空氣中淡淡的血腥味，就好像什麼都沒有發生過。

已經吃飽了的藤蔓慢慢伸展身體，在地上或者峭壁上鋪展開，又變成了呆呆蠢蠢的植物，完全無害的樣子。

夕陽映照下，本來褐紅色的針葉變成了血紅色，晶瑩剔透如寶石。

駱尋這才回過神來，心有餘悸地對殷南昭說：「它們竟然吃人耶！」

殷南昭無語。剛才直愣愣朝著藤蔓走過去的人是誰？

駱尋激動地說：「這種植物非常值得研究。」

「妳怎麼知道它們會怕止血劑？」

「猜的！自然界中萬物相生相剋，它們遇血而動、喜歡吸食人血，那麼也就很有可能會討厭止血劑。」

只是一個猜想就敢以身測試？殷南昭無奈地說：「天快黑了，我們先找個地方休息。」

「哦，好。」

薄暮昏冥中，前有吸血藤，後有追兵，殷南昭不敢大意，握住駱尋的手，帶著她繼續往前走。

駱尋心神恍惚，依舊在琢磨吃人的藤蔓，壓根兒沒有留意到兩人的手緊握，只是自然而然地跟著殷南昭往前走。

殷南昭明知道身處險境不該走神，但……由她去吧！反正他護得住。

* * *

殷南昭挑選了一塊四周都是吸血藤的地方做為兩人暫時的棲身地。

這些植物雖然恐怖，但他們恰好發現了它們的弱點，利用好可以幫他們阻殺敵人。

吸血藤對他們的入侵很不高興，躍躍欲試地想要吃了他們。殷南昭還想借助它們的力量，沒有動用鐮刀，在地上噴了一圈止血劑。

吸血藤嫌棄地退避開，給他們留下一圈安全地帶，雙方算是達成共識、和平相處。

殷南昭說：「在這裡休息一下，天亮後再找出去的路。」

駱尋發現，他的一隻手一直不自然地蜷著，看上去不太對勁。

「你的手怎麼了？」

「不小心被藤蔓咬了一口。」

「你告訴我，小心有毒，不要去碰它們，自己卻被咬了一口？」

駱尋想不通，在早有提防的情況下，以殷南昭的體能，這些植物根本不可能碰到他的身體。突然，她反應過來：「是我拖累了你？」

殷南昭肯定沒有想到，危機當頭她居然會走神，明明是A級體能卻完全不知道躲避，徹底失去了自保能力。

殷南昭雲淡風輕地說：「藤蔓分泌的汁液沒有毒，只是有強烈的麻痹作用，對我沒有用。」

「把手給我。」

「真的沒事。」

駱尋伸出了手，一直盯著他，殷南昭不太情願地攤開了手掌。

駱尋看見他的掌心是一個又一個密密麻麻的血洞，很恐怖的樣子。她的手搭在他手腕上，一邊測他的脈搏，一邊擔心地問：「你怎麼肯定只是強烈的麻痹作用，沒有毒？」

「我雖然不是醫生，可經歷的生死一線的事情多了，這點判斷經驗還有。到目前為止，身體沒有任何異常，只有手指的靈敏度受到輕微影響，而且已經恢復。」

駱尋發現他神志清醒、血色正常、心跳正常、呼吸正常，的確沒有任何中毒反應，放下心來。

她取下背上的行軍包，拿出消毒劑和止血帶，半帶著埋怨說：「雖然現在證明了這種吸血藤沒有致命的毒素，當時你可不知道，幹麼要以身犯險？」

殷南昭不吭聲。

駱尋看著他掌心細密的血洞，一句「你是殷南昭，又不是千旭」已經到了嘴邊，卻又吞回去。

「有點痛。」駱尋把消毒劑倒在殷南昭手心，把吸血藤殘留的分泌液清洗乾淨。

她噴上加速傷口愈合的藥劑後，用止血帶幫他包紮好。

殷南昭看看包紮好的手，讚許地說：「妳在醫學院的野外急救課學得不錯。」

駱尋收好急救包，又從行軍包裡拿出四管濃縮的軟包裝營養劑，「拜你的烏鴉嘴所賜，我還莫名其妙裝了這個。」

殷南昭笑起來，拿過一管要撕開。

「別動！」駱尋從他手裡搶過，幫他撕開封口，遞回給他，「從現在開始，這隻手不能用力，直到傷口癒合。」

殷南昭沒有接。

駱尋疑惑地看他，和他黑沉沉的視線撞了個正著，心裡竟然莫名地發慌。

她惡聲惡氣地說：「幹什麼？沒見過我溫柔善良的一面嗎？我又不像你，我對人向來很好，是最受病人歡迎的醫生！」

殷南昭微笑著接過營養劑，禮貌地道謝：「謝謝駱醫生。」

駱尋覺得心裡發堵，可又不知道堵什麼。她幫他治療傷口，他客氣地道謝，對殷南昭而言，簡直是難得像正常人的表現，她應該欣慰啊！

駱尋悶悶地打開一管營養劑，沉默地喝著。

＊　＊　＊

夜幕籠罩。

山谷格外安靜，連一聲蟲鳴都沒有。

駱尋喝完營養劑，雙手環抱著膝蓋，盯著不遠處的一叢藤蔓，眉頭緊蹙，不知道在想什麼。

殷南昭已經閉上眼睛在休息，淡淡地說：「睡一會兒吧，有這些殺人的小東西，龍血兵團的人一時半會兒進不來。」

駱尋「嗯」了一聲，頭趴在膝蓋上，閉上了眼睛。

看上去一動不動，似乎在休息，可她的呼吸一直忽輕忽重，顯然心事重重。

殷南昭睜開眼睛，盯著她看了一會兒，無聲地嘆了口氣，長臂輕探，把駱尋拽進了懷裡。

駱尋心中一驚，腦子裡想著他是殷南昭，應該推開他，身體卻自有記憶，壓根兒沒有抗拒。

殷南昭輕撫著她的背，溫和地說：「不要胡思亂想了。」

熟悉的懷抱、熟悉的聲音、熟悉的氣息，一直緊繃著的身體驟然放鬆。駱尋鼻子發酸，頭埋在他懷裡，聲音低沉地說：「我今天殺人了。」

「我看見了。」

「我第一次殺人，可是，我當時竟然沒有絲毫猶豫，這不正常。肯定是因為龍心……」

「噓！」殷南昭阻止她繼續往下說，「不是因為她，是因為千旭。」

「因為千旭？」

「他們把槍口對準了千旭，妳為了保護千旭，自然會開槍射殺他們，後來攔截車的那幾個人妳就猶豫了。」

「你……看出來了？」

所以，你沒有讓我在撞不撞他們之間做選擇，而是自己擊斃了他們。

駱尋抬起頭，看著殷南昭，漆黑的眼睛中波光瀲灩，像是灑滿了揉碎的星光。

殷南昭怔怔看了一會兒，猛地扭過了頭，「我不是千旭，別用那種目光看我。」

他拿起一旁的頭盔，想要戴上。

駱尋抓住他的手，不允許他戴頭盔，「你喜歡我？」

殷南昭身子僵硬，不耐煩地說：「千旭是我扮演的，我又沒有失憶，受千旭影響，我的一部分喜歡妳，不是很正常嗎？」

「不是你的一部分，是你！是你喜歡我！」

殷南昭冷嗤：「我？」

駱尋像是突然明白了什麼，眼睛裡滿是驚訝意外，「原來，你是在吃醋！明明我已經看見你的臉了，你還總是要遮住自己的臉，一遍遍強調自己不是千旭，原來你一直在吃千旭的醋！」

殷南昭譏嘲：「想像力真不錯……」

駱尋突然吻住殷南昭，把他尖刻的話語都堵住了。

兩人怔怔看著彼此。

不但殷南昭被駱尋嚇住了，駱尋也被自己嚇住了。

殷南昭面如寒冰，壓抑著怒氣，冷聲問：「妳知道自己在吻誰嗎？」

駱尋回過神來，眼睛亮晶晶地看著他，「你喜歡我嗎？」

殷南昭剛張口要否認：「不……」

駱尋鬼使神差，竟然蜻蜓點水般又吻了一下他的唇。

殷南昭咬牙切齒，簡直全身直冒寒氣，「駱尋！我警告妳，不要把我當千旭的替身！妳再敢……」

駱尋表情怪異，手捂在自己心口，像是完全沒聽到殷南昭在說什麼。她微微仰頭，居然又吻住了殷南昭，把他惡聲惡氣的話全堵了回去。

殷南昭臉色鐵青地瞪著駱尋，眼睛裡全是怒火，像是要一把掐死她。

駱尋半閉著眼睛，如同做夢一般，表情又是茫然又是困惑，「我的心跳得好急！」

殷南昭一下子愣住了，以他的體能，早應該留意到，可剛才卻完全忽略了。

怦怦！怦怦！怦怦……

他的世界漸漸全都是駱尋的心跳聲，響如擂鼓，又急又亂。

駱尋表情迷惘，幾不可聞地細語低喃：「我殺人時很清楚自己守護的是殷南昭，雖然我也不明白為什麼會一邊心裡罵你是變態，一邊要跟著你，就像……」

殷南昭身體緊繃，目不轉睛地盯著駱尋，「就像什麼？」

「就像……我不知道剛才為什麼會吻你。只是突然發現殷南昭居然也喜歡我，還在吃千旭的醋，莫名其妙就吻了。」

殷南昭面無表情，語氣卻格外柔和，循循善誘地問：「後來為什麼還要吻呢？」

駱尋臉色酡紅，像是喝醉了酒，喃喃說：「我覺得心跳得很急，不太明白，想確認……」

「確認什麼？」

殷南昭篤定地說：「妳知道！」

駱尋猛地抬眸，看著殷南昭，眼中淚光盈盈，「我不知道！」

他的手按在她胸口，掌心下那顆心撲通撲通跳得很急。

駱尋怔怔地說：「它知道你喜歡我，很開心；它感覺到我在吻你，很開心。我不知道為什麼會這樣，明明不應該的，我喜歡的人是千旭，不是你……」

殷南昭猛地摟緊駱尋，狠狠吻住了她。

駱尋想躲，卻無處可躲。

殷南昭的情感就像是衝破堤壩的滾滾洪水，鋪天蓋地、傾瀉而下，所過之處驚濤澎湃、巨浪翻卷，逼得駱尋身不由己，只能隨著他的情潮翻湧。

從激烈到溫柔，從熾熱如火到柔情似水。

駱尋從不知道一個吻能持續那麼久，也從不知道一個吻會有那麼多變化。

重咬細舐、疾纏徐繞、輕叩慢挑。

殷南昭一直戀戀不捨，糾纏不放，就好像要把所有的壓抑渴望都釋放出來，所有的愛戀思念都傾訴出來。

駱尋感受到了。

這段感情中，不是只有她在痛苦煎熬，他也在因為失去而痛苦、因為思念而煎熬。

她的每一分痛，他都烙在了心裡，感同身受。

駱尋的眼淚從眼角滑落，那些斷臂剜心的傷依舊還在心口，但因為知道了有人在一起承受這份痛，好像沒有那麼疼了。

一滴淚打落在殷南昭的手上，殷南昭身子驟然僵住。

他抬起頭，輕輕地吻去駱尋臉上的淚痕，「對不起！」

駱尋搖搖頭，臉伏在他的肩頭不說話。

她和他之間的這筆帳算不清，也沒法算。

千旭和駱尋、殷南昭和龍心。究竟誰騙了誰，誰入了誰的局，誰欠了誰，誰對誰錯，根本說不清楚。

殷南昭輕聲說：「我的身分是假的，但說過的話都是真的。」

駱尋抬頭看著殷南昭，剛剛落過淚的眼睛格外清亮，就像兩顆寶石，照出他心裡所有的祕密。

殷南昭禁不住輕輕吻了下她的眼角，「我告訴你，我是孤兒，在孤兒院長大。不是假話，只不過不是阿麗卡塔孤兒院，是羅薩星上的一個孤兒院。七歲的時候我被老師拐賣給奴隸販子，後來幾經轉手，被賣到泰藍星，接受專業調教，成為供人玩樂的……」

駱尋用手捂住他的口，「我相信你，不用為了證明自己去挖開過去的傷口。」

殷南昭完全沒想到竟然有人會擔心他的承受力，好笑地說：「我是殷南昭。」

「我知道，好厲害、好厲害的殷南昭。但沒有人生下來就是金剛不壞之身，如果有一天非要挖傷口，我希望目的是療傷，而不是證明。」

殷南昭愣了一愣後笑起來，這不就是駱尋嗎？

他像是呵護珍寶一般把駱尋溫柔地摟在懷裡，「睡一會兒吧，明天還要趕路。」

平生第一次，他知道了傳說中的極樂天堂是什麼樣子——就在這個死亡山谷，漫天繁星下，吸血藤的環繞中。

Chapter 9

知道你在

我想一個人走，不是因為我不需要你，
而是我知道我需要你的時候，你一定會在。

能源星上只有五個小時的黑夜，駱尋覺得剛闔上眼睛沒多久天就亮了。

兩人分吃完僅剩的兩支營養劑，殷南昭走到高處，調試通訊器，想找到訊號和外界聯繫上。但搜索了一會兒，發現一點訊號也沒有，只能放棄。

他回過頭，看到駱尋的樣子，冷峻的眉眼禁不住柔和了。

駱尋像隻小兔子般蹲在地上，雙手撐著下巴，聚精會神地盯著吸血藤看。

殷南昭走到她身邊，揉了揉她的頭，「這裡找不到食物，也找不到水源，必須想辦法離開。」

「哦。」駱尋站了起來，心不在焉地說：「把你的鐮刀借我用用。」

殷南昭啟動武器，遞給她，「它叫冥引。」

駱尋對星網上的武器排行榜顯然從沒有關注過，完全不知道「冥途引路」的大名。她拿著鐮刀往前走了幾步，小心翼翼地去碰吸血藤。

藤蔓聞到鐮刀上的血腥味，試著纏到鐮刀上「咬了」幾口，大概覺得不好吃，懶洋洋地爬回地上，不搭理鐮刀。

駱尋卻一而再，再而三地戳藤蔓。

藤蔓好像怒了，突然暴起，像一條長鞭橫掃過來，嚇得駱尋立即往後退，跌到殷南昭懷裡。

殷南昭握著她的手，用鐮刀把掃過來的藤蔓砍斷。

駱尋滿意地點頭，「你有沒有覺得這一株最機靈活潑？」

殷南昭完全不知道她怎麼能從一堆長得差不多的植物裡得出這樣的結論，「玩夠了就走吧！」

駱尋討好地笑，「我想挖一株尋昭藤帶走。」

「什麼藤？」

「生物學上有不成文的規矩，誰發現的物種誰就有命名權，這是我發現的新物種，我打算命名它為『尋昭藤』。駱尋的尋，殷南昭的昭，尋昭藤！」

殷南昭看著長相難看、性格凶惡的吸血藤，實在沒辦法違心地表達欣賞，「換個名字，我就幫妳挖。」

駱尋撇嘴看著他。

殷南昭撇過頭，淡淡地問：「想要哪一株？」反正這麼冷僻醜陋的植物將來也不會有幾個人知道，叫什麼都無所謂。

「那株！」駱尋高興地指指之前她逗弄的吸血藤。

殷南昭拿著冥引飛躍到藤蔓旁邊。

「可以把它的藤蔓全砍掉，留下這麼長就可以了……」駱尋張開手臂，比劃了一下長度，「注意不要傷到它的根。」

殷南昭折騰了一會兒，才按照駱尋的要求把一株吸血藤連著完整的根鬚挖了出來。

駱尋把行軍包倒空，裝上根部的土，把吸血藤放進去。

合上行軍包，吸血藤依舊不老實，用僅剩的幾截藤蔓狠狠戳行軍包。駱尋明明怕得要死，卻一咬牙就要把包背上。

殷南昭手一抬，把行軍包拎了過去。

駱尋倒也沒客氣，踮起腳，笑瞇瞇地親了一下殷南昭的臉頰，「你都不問問我對這傢伙為什麼感興趣，就由著我折騰？」

殷南昭看著別處，不自然地說：「龍血兵團應該馬上就要追過來了，走吧！」

駱尋跟在他身旁，邊走邊說：「我把它們命名為『尋昭藤』可是有原因的，說不定有一天它會揚名星際、載入史冊。」

殷南昭可沒想讓「尋昭」兩字因為一株醜陋凶惡的藤蔓出名，可駱尋正在興頭上，他只能配合地問：「什麼原因？」

「因為它們很神奇。這裡的土地非常貧瘠，很難給植物提供賴以生存的養料，它們的葉子退化成了堅硬的細針，也不適合進行光合作用，可是它們竟然進化成了獵食者，靠著捕殺獵物生存。」

「自然界有不少類似的植物。」

「不一樣。那些植物是靠著氣味誘惑或者擬態陷阱捕食，尋昭藤卻是主動出擊。而且，根據這裡廢棄的時間，它們的進化時間不會超過一千年。一千年能進化到植物性和動物性結合得這麼完美，絕對是基因的奇蹟！」

「嗯。」

駱尋著急地說：「你別不以為然啊！我這是重大發現！」

「嗯，重大發現。」

真是隔行如隔山，完全對牛彈琴。駱尋拿出給學生講課的架勢，循循善誘地問：「你覺得是人和動物的差異大，還是植物和動物的差異大？」

「植物和動物的差異更大。」

「那你覺得是人和動物的差異大，還是普通人和異種人的差異大？」

殷南昭立即捕捉到駱尋的重點，猛地停住了腳步，「人和動物的差異更大。」

「普通人和異種人的差異〈人和動物的差異〈動物和植物的差異。」駱尋眼睛亮晶晶地看著殷南昭，一臉求表揚的興奮，「尋昭藤把差異最大的動物基因和植物基因完美融合了。」

殷南昭的表情分外嚴肅，「尋昭藤也許能解決異種基因和人類基因的融合問題？」

駱尋點頭，「大自然才是最偉大的基因魔術師！它創造了『尋昭藤』，也許在告訴我們該往哪條路走。不過，這只是我的設想，究竟怎麼樣要研究後才能知道，研究週期也很難預測，說不定很長，但我發誓一定會……」

殷南昭突然緊緊地抱住她，「我相信！」

駱尋輕聲說：「我一定會研製出讓異種基因和人類基因融合的方法。」

雖然上一次千旭異變是假裝的，但殷南昭是3A級體能，異變概率非常大，她不想再經歷一次那樣的痛苦了。

* * *

熾熱的恆星懸掛在天上，像一個大火爐般炙烤著大地，空氣裡沒有一絲濕氣。

一路不停地急走了八個多小時，駱尋覺得嗓子乾澀得像是要冒煙，嘴唇上都暴起了乾皮。

龍血兵團的人依舊緊追不捨，幸好「尋昭藤」會時不時地製造一點麻煩，幫他們爭取時間。

殷南昭四處看看，走到一塊大石頭旁，「休息一下。」

駱尋急忙鑽到石頭的陰影下，躲避曝曬。

殷南昭站在石頭上，擺弄了一下通訊器，竟然發現有一小格訊號，收到了一條紅鳩發送的加密訊息。

駱尋問：「有辦法離開這顆能源星了？」

殷南昭躍下石頭，「是一個坐標位置，我們過去看看。」

駱尋從陰影裡鑽出來，「走吧！」

殷南昭看了眼她紅通通的臉龐，蹲到她面前，「我背妳。」

駱尋笑著拒絕了：「我能堅持，走吧！」

殷南昭冷冷地問：「如果是千旭，妳會拒絕嗎？」

駱尋驚奇地看著殷南昭。不會吧！又吃醋了？

殷南昭目光犀利地盯著駱尋，「敢說真心話嗎？」

「敢！如果是千旭，我不會拒絕。」

殷南昭若無其事地笑了笑，拽著駱尋的手，一聲不吭地繼續往上攀爬。

駱尋問：「生氣了？」

「沒有。」

「真的沒有？」

殷南昭對她微笑，注視著她的雙眸，十分真誠地說：「真的沒有。」

駱尋緊抿著唇，強忍住笑，演技再好也掩飾不住他居然真的吃醋了哎！

肯定又覺得她喜歡的是千旭，不是他，對他只是移情作用。

沒有想到強大的殷南昭竟然在感情上會這麼沒有自信，駱尋本來還想逗他一會兒，可看他又開始精神自虐，心裡實在捨不得。

她雙手挽住殷南昭的胳膊，整個人都倚在他身上，「千旭只需要負擔我一個人，我喜歡他，自然喜歡讓他背著我。殷南昭已經背負了太多東西，我喜歡他，自然會比較心疼他，即使不能幫他分擔，也不想再加重他的負擔了。」

殷南昭不知不覺中慢下腳步，看著前方蜿蜒崎嶇的山路，黑沉沉的眼睛裡透出了難言的悲傷。

駱尋搖了搖他的手臂，「我想和你並肩前行。」

殷南昭把駱尋拉進懷裡，沉默地抱住了她。

駱尋輕聲說：「我想一個人走，不是因為我不需要你，而是我知道我需要你的時候，你一定會在。有靠山的人，才敢自信地大步往前走啊！」

從第一次相遇開始，她迷惘時、孤單時、害怕時、傷心時、遇到危險時，他不管是以千旭的樣子，還是以殷南昭的樣子，總是會在她身旁。

甚至，在千旭死的那一刻，他也在！

駱尋突然不想理他了，狠狠跺了他一腳，生氣地推開他就要走。

殷南昭卻長臂一探，從背後緊緊抱住了她，「對不起！」

駱尋挑挑眉，「對不起什麼？」她都沒有說自己為什麼突然間就莫名其妙生氣了。

殷南昭聲音低沉：「我做過的讓妳生氣的事也就那麼一件。」

駱尋仔細想想，對啊，相識十餘載，他的確只做過這一件讓她生氣難過的事。駱尋覺得自己不是瘋了，就是中了殷南昭的毒，竟然能從肝腸寸斷的痛苦裡品出一絲絲甜。

她重重給了他一手肘，「花言巧語，這事我回頭和你慢慢算帳！」

殷南昭笑，貼在她耳畔低聲說：「妳慢慢算，反正我準備了一輩子的時間給妳。」

駱尋耳熱心跳，幸好臉本來就被曬得發紅，看不大出來。她掩飾地說：「龍血兵團還追在後面，快點走吧！」

殷南昭握住她的手，沿著崎嶇的山路默默往上爬，嘴角一直噙著笑。

過了好一會兒，駱尋急促的心跳才漸漸平復。

殷南昭突然一本正經地說：「小尋，忘記告訴妳一件事了。」

「什麼？」

「3A級體能可以聽到人的心跳聲。」

駱尋愣了一會兒，才反應過來，剛剛平復的心跳又亂了。

＊　＊　＊

天色全黑時，殷南昭和駱尋終於找到一條路，走出了山谷。

他們藏身在隱蔽的亂石堆裡，觀察了一會兒，發現竟然被包圍了——

一隊隊荷槍實彈的軍人來來回回巡邏，每隔幾百米就設置一輛重型裝甲車，天上還時不時有偵察機轟鳴著從低空飛過。簡直像是一個重兵把守的軍事要塞，完全不像是一個臨時布置的圍捕點。

駱尋說：「他們肯定拿到了地圖，提前在所有出口布置了重兵包圍，不管我們從哪裡出來，都會落到他們的網裡。」

殷南昭說：「有點怪。」

「哪裡怪？」

「龍血兵團的目的是搶回洛蘭公主和約瑟將軍，不是重兵捕殺兩個海盜。」

駱尋一想，對啊！就算知道烏鴉海盜團和奧丁聯邦有瓜葛也說不過去。如果只是追殺兩個烏鴉海盜團的海盜，絕不可能是這種天羅地網的陣仗。龍血兵團應該集中兵力去追捕飛船，救回洛蘭公主和約瑟將軍。

殷南昭說：「除非他們知道，這兩個落單的海盜中，有一個人比洛蘭公主和約瑟將軍加起來都更重要。」

駱尋腦子飛快地盤算，不可能是她。她是安達臨時起意塞進飛船的，連殷南昭都不知道，龍血兵團更不可能知道。既然不是她，那就只能是……

駱尋驚恐地看著殷南昭，龍血兵團知道了奧丁聯邦的執政官在這裡！

殷南昭無奈地笑，「雖然不知道他們是怎麼知道的，但看樣子只有這個猜測才能合理解釋眼前的情形。」

駱尋急切地說：「我們返回山谷，找別的出路。」

「現在山谷裡都是龍血兵團的士兵，退回去很有可能和他們迎面相遇，而且，另一條出口肯定也是這樣。」他脫下行軍包，給駱尋背上，「我們分開走，在這個坐標會合。」

「不要！」

殷南昭努力說服駱尋：「不用保護照顧妳，我可以沒有顧忌地全力逃跑；有我吸引他們的注意，妳也更容易逃脫。這是對我們兩個都好的選擇。」

「不要！」

不管殷南昭說得多好聽，駱尋就是固執地拒絕。雖然聽上去他的話很有道理，但是駱尋的經驗告訴她，上一次某人在岩林裡說分開走時可沒發生好事，絕不能再聽他的！

突然，駱尋靈光一閃，打斷了殷南昭的喋喋不休，「葉玠想要抓捕你，肯定要派出龍血兵團的精英骨幹吧？」

「任何人想要抓捕殷南昭都必須傾盡全力。」

「我是被安達悄悄送上飛船的，連你都不知道我在飛船上，葉玠也不可能知道。」

「嗯。」

「你相信我嗎？」

殷南昭毫不遲疑地點了下頭。

「我有個辦法也許能安全地通過這裡，不過需要你去弄兩套作戰服來，不能驚動任何人。」

殷南昭心念電轉，立即明白了駱尋的計畫，「在這裡等我。」

他猶如鬼魅一般眨眼就消失不見，駱尋蜷縮著身子，藏在岩石縫隙裡靜靜等待。

一會兒後，一個穿著龍血兵團作戰服、戴著龍血兵團作戰頭盔的人出現在駱尋面前。

駱尋含笑叫：「南昭？」

殷南昭摘下頭盔，凝視著駱尋，輕聲說：「再叫一遍！」

駱尋看著和千旭一模一樣的面容，柔柔地說：「南昭。」

殷南昭俯身過來，在她唇上蜻蜓點水般地輕吻了一下，把一套龍血兵團的作戰服放到她懷裡，背轉過身子，「妳先換衣服。」

駱尋詫異地看著他發紅的耳朵，不敢相信威風凜凜的殷南昭竟然這麼羞澀！

轉念間，想到哭泣和歡笑可以假裝，臉紅卻不可能假裝，那是像心跳一樣無法控制的自然生理反應。

原來，千旭動不動就臉紅的根源在這裡呢！

駱尋一邊竊笑，一邊換上作戰服，「我好了。」

殷南昭轉過身，把一管營養劑遞給她。

駱尋抿了下乾裂的嘴唇，立即拿過去，一口氣喝了半管，把剩下的遞回給殷南昭。

殷南昭的目光愛憐溫柔，「我已經喝過了，搶了兩個人，正好兩套衣服、兩管營養劑。」

駱尋沒再客氣，把剩下的都喝了。

＊　＊　＊

兩人戴好頭盔，彼此打量了一下，確定看上去和其他龍血兵團的軍人一模一樣。

殷南昭問：「準備好了？」

「好了。」

駱尋深吸口氣，提步向前走去。殷南昭放緩腳步，跟隨在駱尋身後。

駱尋走著走著，覺得腿有點發軟。

不管多有心理準備，她畢竟是常年埋頭在實驗室裡做研究的研究員，看到前面荷槍實彈的軍人、火力強大的裝甲車、一排排黑壓壓的槍口，不可能不緊張害怕。

貼在耳朵上的微型通訊器裡傳來殷南昭的聲音：「我第一次去執行任務時也很緊張。」

「剛加入敢死隊的時候？」

「嗯。」

駱尋感覺好過了一點，「那時候你多大？」

「十六歲。」

「竟然還沒有成年就讓你執行任務？聯邦政府太過分了，這是犯法！」

出乎殷南昭的意料，駱尋的關注重點直接跑偏了，但是跑題跑得他心裡滿是暖意。他低笑了一聲，安慰地說：「不止我一個，敢死隊本來做的就是違法的事。」

駱尋覺得滿是心酸和心疼，緊張和害怕被衝得煙消雲散。

她咬牙切齒、昂首闊步地往前走，看上去竟然成了自信的威嚴。

巡邏的軍人攔住了他們，喝問：「你們是哪支隊伍的？」

駱尋想著殷南昭說的「龍心冷酷強勢」，直接一腳踹過去，踢翻了對方。

霎時間，大大小小所有槍口都對準了他們。

駱尋卻停都沒停，依舊往前走著，「誰是這裡的負責人？滾出來！」

上百個軍人被她的氣勢驚嚇住了，遲疑間想開槍又不敢開槍，只能一擁而上，企圖活捉他們。

駱尋抬起右手，冷漠地揮了一下，示意身後的殷南昭上，「打死了我負責。」

「是！」

殷南昭把體能控制在A級狀態，靠著強大的格鬥技巧，將所有企圖靠近駱尋的人全部打倒。不一會兒，地上已經倒了一圈受傷的軍人。

「住手！」一個穿著軍官制服的頭領出現，「都退下！」

所有人急忙退開，周圍裝甲車上的機槍和天上的戰機卻全部鎖定了駱尋和殷南昭。

一直冷眼看戲的駱尋朝著頭領走過去，譏諷地說：「你架子倒是比我還大。」

她一邊走一邊摘下了頭盔，頭領看清駱尋的長相，表情震驚，雙腿啪一聲併攏，站得筆直，抬手敬禮，「不知道閣下在這裡，屬下以為您還在奧丁聯邦執行任務。」

駱尋走到他面前，輕佻地拍了拍他的臉，「我去哪裡還需要向你彙報？」

「不……不是！」頭領的聲音都有點發顫了。

「滾！」

頭領立即帶著所有軍人退讓到兩側，駱尋帶著殷南昭從一群荷槍實彈的軍人中間不緊不慢地走過。

頭領一直警覺地盯著他們的背影。

突然，駱尋停住腳步，回過身不悅地問：「你是打算讓我走著離開嗎？」

頭領急忙恭敬地把自己的飛艇讓了出來，卻沒有打開飛艇的鎖定。

駱尋大馬金刀地坐到位置上，對智腦下令：「解鎖。」

智腦掃描全身、生物識別身分，沒有性別的機械聲響起：「龍心閣下，鎖定解除，請選擇駕駛模式。」

殷南昭像個小跟班一樣，自動坐到了駕駛位置上。

駱尋看向頭領，似笑非笑地說：「你……不錯！」

頭領滿頭冷汗，站得筆挺，畢恭畢敬地敬禮。

駱尋冷哼了一聲，艙門關閉。

直到飛艇消失在天際，頭領才鬆了口氣，擦著額頭的冷汗，慶幸地想，龍心那個怪物竟然會突然出現在這裡，幸虧沒有出差錯惹怒她。

＊　＊　＊

殷南昭手動駕駛著飛艇飛行，讚許地說：「幹得漂亮！」

駱尋一言不發，像是怕冷一樣緊緊地依偎在殷南昭身畔。剛才那個軍官應該是龍息軍的負責人，在星際中肯定也是一號人物，可見了龍心，竟然一點不敢違逆。她已經完全無法想像龍心究竟是一個多麼強悍恐怖的女人了。

殷南昭摸了下她的頭，「不要多想，龍心是龍心，妳是妳。」

駱尋壓下心裡的擔憂，嘀咕：「龍心可真威風，好像不比你差哦！」

殷南昭笑著揉了揉駱尋的後脖子，什麼都沒說。

駱尋心裡忍不住琢磨，等葉玠收到消息，她利用龍心的身分逃脫了他的圍捕，會不會又氣到想殺了她？

「在想什麼？」

「葉玠。」

「他說不定就在這裡。」

「什麼？」駱尋被嚇了一跳，一下子坐直了身子。

殷南昭瞟了她一眼，似笑非笑地說：「想殺殷南昭，龍頭怎麼可能不親自出手？」

駱尋想起她上次對殷南昭說的話，考慮到他的醋罈屬性，討好地靠到殷南昭身畔，訕訕地說：「那個……我上次說葉玠是……男朋友，只是想氣你來著，不見得是真的。」

「嗯。」

駱尋看看他的臉色，繼續狗腿地表忠心：「我從沒有想過要嫁給他，對阿爾帝國的皇后之位沒有絲毫興趣。」

「嗯。」

「我發誓，我心裡只有你，要不然……」

殷南昭猛地捂住了她的嘴，眼中全是促狹的笑意，駱尋這才明白自己被捉弄了，人家根本沒喝這杯飛醋。

太過分了！她抓著他的手作勢欲咬，殷南昭的通訊器突然發出了嘀一聲提示音。

駱尋驚喜地說：「有訊號了。」

殷南昭瞅了一眼來電顯示，接通了訊號。

沙沙的雜音聲中，紅鳩的聲音傳來，模模糊糊不太真切：「頭兒！」

殷南昭問：「你聯繫軍部了？」

「是。單靠我們自己沒有辦法救出你，只能用祕密聯絡方式向軍部求助，他們弄來一艘飛船，裡面還有一批武器，你收到我發的坐標了嗎？」

「收到了，正在趕過去。」

「軍部的那幫大老爺剛開始推三阻四不肯幫忙，說什麼他們不知道我們是誰，沒有批准我們的行動，也不會支援我們。後來幸虧我大著膽子直接聯繫了指揮官。」

「你和他說了什麼？」

「規矩我懂的，什麼都沒說，就是讓指揮官看了一眼捉來的兩個人，他立即批准了救援行動。」紅鳩的聲音有點古怪，「那個……頭兒，指揮官現在在我們的飛船上。」

殷南昭頭痛地揉了揉太陽穴，「他在你旁邊？」

辰砂的聲音響起，隔著嘈嘈切切的雜音，依舊透著寒意：「你是特別行動隊的隊長？聽你的聲音有點耳熟，叫什麼名字？是執政官給你的任務嗎？」

駱尋一手掐殷南昭的胳臂，一手捂著嘴偷笑。

「我是誰不重要，船上的兩個人很重要，把他們平安帶回聯邦。」殷南昭切斷了通訊。

駱尋幸災樂禍地嘲笑：「做賊心虛！」

「妳以為我怕的是身分暴露？」殷南昭瞪了駱尋一眼。

駱尋想起她和辰砂的假婚姻，嘟囔：「辰砂自己都說了已經和我沒有任何關係。再說了，如果辰砂知道我是親手設計了一切的……」

「龍心」二字已經到了嘴邊，她卻實在不願意吐出，臨時轉變了話題，「現在洛蘭公主就在飛船上，不知道辰砂去見過她了沒有。」

殷南昭無聲地嘆了口氣。

✵ ✵ ✵

殷南昭把飛艇開得像是戰鬥機，十來分鐘後，飛到了坐標標注的地方。

一望無際的荒涼曠野上有一個龐大的垃圾場，到處都是飛船殘骸、廢棄的礦石運輸車和挖掘車，堆積在一起，形成了一座座連綿起伏的垃圾山。

在垃圾場的外圍停泊著一艘看上去破破爛爛的飛船，如果不是有人特意指明，根本想不到這是一艘還能用的飛船，難怪龍血兵團完全沒有察覺。

駱尋擔心地問：「這玩意真的能飛到奧丁聯邦？」

「飛不到。」

「啊？」

「幫我們逃出這顆星球就行。到了外太空，會有人來接我們。」

「哦！」

殷南昭拿著武器，先進去小心地檢查了一遍，確認安全後，對駱尋說：「進來吧！」

駱尋走了進去，看看四周還算乾淨。

她坐到副駕駛的座位，繫好安全帶。

殷南昭坐在主駕駛位上，啟動了飛船，卻遲遲沒有給智腦指令讓飛船升空。

駱尋不解地問：「怎麼了？」

殷南昭說：「當祕密行動變得不祕密時，總是讓人有點不安。」

駱尋眨巴著眼睛，似懂非懂。

突然，飛船的智腦響起尖銳的提示音，監控螢幕上，一架又一架戰機從四面八方飛馳而來。

駱尋著急地說：「暴露了，快點起飛！」

殷南昭下令升空，智腦開始倒計時起飛時間：「10、9、8……」

嘀！嘀！

飛船上的通訊器急促地響起。

殷南昭按下接通鍵，葉玠驚慌失措的聲音傳來：「千萬不要升空！終止起飛！立即終止……」

殷南昭竟然沒有絲毫猶豫，立即聽從葉玠的指令，終止了飛船的升空程序。

駱尋滿臉驚詫，「為什麼？」

葉玠的聲音傳來：「小心，我不知道妳跟來了。飛船裡面安裝了最新研製的炸彈，只要升空，能源組就會爆炸。幸虧……幸虧……」

隔著通訊器，都能感受到葉玠劫後餘生的慶幸和後怕。駱尋反倒沒有任何感覺，只是覺得腦細胞不夠用。這是奧丁聯邦的指揮官為救自己人安排的飛船，可葉玠居然知道裡面有炸彈。

殷南昭微微而笑，「難怪龍頭知道我在這裡，原來是聯邦內有人要我死。」

「執政官閣下，既然走不了，不如下船一聚？」葉玠的語氣立即變了，和對駱尋說話時截然不同，完全像是兩個人。

監控螢幕上，飛船四周已經被密密麻麻地包圍，天空中戰機在不斷徘徊。

毫無疑問，這次他們被外敵和內奸聯手陷害，真的是上天無路、入地無門，只能束手就擒了。

駱尋突然伸手關閉了通訊器，「用我做人質，讓他們放你走。」

「不可能，葉玠知道妳不是龍心。妳已經利用龍心的身分愚弄了他們一次，這樣做只會激怒他。」

駱尋再想不出辦法，祈求地看著殷南昭，「我知道你說過絕不投降，但……但是……」在整個奧丁聯邦面前，一個女人輕如塵埃，甚至連求他忍辱偷生都難以開口，滿腹柔情最終化作了蠻橫的威脅，「如果你死，我也立即死！」

殷南昭安撫地拍拍她的手，「妳還在險地，我怎麼會死？家國不能兩全時，至少要全一個。」

駱尋鬆了口氣，倒是有些理解葉玠剛才的緊張害怕了。

殷南昭幫駱尋摘下頭盔，露出了她的臉。

駱尋滿面擔憂，沉默地看著他。

殷南昭把她拽進懷裡，輕聲叮嚀：「在被安教授買回來前，我是最低賤的奴隸；在敢死隊執行任務時，我是隨時可以犧牲的炮灰。我遭遇過各種各樣妳難以想像的事，羞辱、凌虐、折磨對我都不算什麼，所以，待會不管發生什麼，你都不要管。不要激怒葉玠讓他做傷害妳的事。」

「嗯！」駱尋咬著牙答應了。

✶ ✶ ✶

殷南昭一手摟著駱尋，一手握著冥引，勾在駱尋的脖子上，走到飛船艙門口。

四周重兵環繞，全是黑壓壓的槍口，天上還有戰機在徘徊。

葉玠站在裝甲車上，笑著說：「放你走不可能。能談的都可以談，不能談的也絕對不能談。」

「我不想死。」

「好！」葉玠答應得很爽快。

殷南昭也很爽快，收起冥引，垂手而立。

幾個一直待命的士兵立即衝上去，給他鎖上鐐銬，把一管體能抑制劑注射進了他體內。

駱尋被晾在一邊，她覺得頸上冷颼颼的，下意識捂住脖子。

葉玠跳下裝甲車，朝駱尋招招手，「過來！」

駱尋強忍著沒有去看殷南昭，朝葉玠走過去。

葉玠盯著她，眼中是無邊的怒火，本來萬無一失的計中計，卻因為她差點釀成大錯。他揚起手要狠狠搧過去，卻突然看到鮮紅的血從駱尋指縫中涔出。

憤怒立即煙消雲散，全變成了擔心，「妳的脖子怎麼了？」

駱尋攤開手，呆呆地看著掌上的鮮血。殷南昭這一刀割得很巧妙，傷口非常淺，她並沒有覺得疼，卻讓葉玠覺得她被殷南昭傷害了，不再生她的氣。

葉玠給駱尋的傷口上仔細噴了一遍止血劑，看血止住了才放心，「一群帶著野獸基因的雜種！

妳還想繼續維護？」

駱尋緊咬著唇，一言不發。

士兵押著殷南昭走到葉玠面前。

葉玠冷笑著下令：「摘下頭盔，讓我們看看活死人的臉。」

士兵立即摁住殷南昭的頭，動作粗魯地把頭盔摘下。出乎所有人預料，那並不是一張死氣沉沉、腐爛枯朽的臉。

眉似千山聚、眼如旭日升；鼻似刀削、唇如劍刻。整個人似暖還冷，若有情、若無情，有一種令人捉摸不透的獨特氣質。

葉玠心頭一痛，他在影片資料裡見過這張臉！那個病秧子千旭！

怒氣衝頭，他毫不留情地狠狠一腳踹了過去。只有C級體能的殷南昭摔倒在地，嘴裡全是血。

葉玠仍然不解氣，把對駱尋的痛恨憤怒一併發洩到了殷南昭身上。厚重的軍靴，一腳接一腳，連踢帶踹，瘋狂地暴打著殷南昭。

一般人都會受不住痛苦滿地打滾，殷南昭卻是一動不動地趴在地上，一聲不吭地承受著暴打。

葉玠越打越氣、越打越怒，好像被凌辱的人是他，而不是那個趴在地上任他凌辱的男人。

駱尋低垂著頭，一動不動地盯著自己的腳尖。

心像是被刀扎一樣痛，可是，她無能為力，什麼都不能做。如果她試圖阻止，只會越發激怒葉玠，讓他做出更過分的事。

葉玠一腳接一腳，絲毫沒有留情。空氣中漸漸瀰漫起血腥氣，行軍包裡的尋昭藤被喚醒了。它扭動著僅剩的幾截藤蔓，一下下戳著駱尋的背。幸虧行軍包是堅固的軍用材料做的，它一時半會兒還扎不破。

駱尋抓住了葉玠的手，臉色蒼白地說：「別打了。」

「妳！」葉玠眼睛裡滿是戾氣，他掐住駱尋的下巴，強迫她的臉轉向地上血淋淋的人，「看清楚！他是殷南昭，妳的敵人！」

葉玠抬起腳，又要狠踹時，駱尋覺得胃裡翻江倒海，猛地俯下身，發出一陣乾嘔聲。

葉玠立即扶住她，著急地問：「妳怎麼了？」

駱尋有氣無力地說：「沒什麼。大概這兩天一直沒有休息好，也沒有怎麼吃東西，聞到血腥氣就有點反胃。」

「妳有神經性胃痛。」葉玠想起往事，眼中掠過一絲哀傷，神情驟然緩和下來，像是呵護什麼易碎物品一樣，把駱尋圈在懷裡，溫柔地說：「回去好好休息一下，就會沒事的。」

他拉著駱尋，朝裝甲車走去。駱尋強忍著沒有回頭，跟隨葉玠一起上了裝甲車。

＊＊＊

在戰機的護衛下，浩浩蕩蕩的車隊一路疾馳，開到了太空港。

葉玠帶著駱尋登上戰艦，進入太空後，才終於放鬆下來。

他溫和地叮囑：「不要亂跑，我暫時把妳的權限鎖定了，等妳恢復記憶立即解鎖。」

駱尋笑了笑，表示理解，「我們要多久才能回去？」

「不出一天就能回去。」

駱尋心裡盤算，必須要在戰艦空間躍遷前逃出去，否則她和殷南昭都很危險。

可是，這裡是外太空，他們該怎麼逃，又能逃到哪裡去？

葉玠看她望著窗外浩瀚星空發呆，想起了她剛失去記憶時，也經常茫然無助地望著星空發呆。

他攬住她的肩膀，後悔地說：「當年，我真不該同意妳去做這麼瘋狂的事。」

駱尋的手放在了葉玠的手上，「對不起！」

真正感受到她的溫度，葉玠一下子心平氣和了。雖然差點釀成大錯，但她也陰錯陽差地回到了他身邊。

葉玠微笑著反握住她的手，「邵靖已經不是皇儲，進了監獄。雖然那個老東西仍然不同意立我為皇儲，但一天沒有皇儲，法律上我就是皇位的第一順位繼承人。只要皇帝死了，我就會是阿爾帝國的皇帝。」

駱尋順著他的話，自然而然地問：「你打算怎麼殺死他？現在出了這麼多事，弄不好會懷疑到你頭上。」

葉玠伸出食指，擋在駱尋的唇前，示意她不要亂打聽，「等妳恢復記憶，不管妳想知道什麼，我都會滿足妳。現在……」他站了起來，想要幫駱尋把一直背在肩上的行軍包取下來，「妳應該去沖個澡、換身衣服，然後我帶妳去吃飯。」

駱尋往後躲了一下，不讓他碰行軍包，「我自己來。」

葉玠臉色驟冷，「給我！」

駱尋咬著脣，慢慢地脫下行軍包，卻依舊不肯遞給葉玠，緊緊地拽在手裡，「不要打開，裡面裝的只是我想研究的小東西，和殷南昭無關……」

葉玠把行軍包搶過去，剛剛打開，飢腸轆轆的尋昭藤立即探出來，凶猛地「咬」在葉玠手上。

駱尋急忙說：「沒有毒，別傷害它！」

葉玠倒是沒生氣，反而心情挺好，無奈地嘆道：「妳還是老毛病，又看上人家的基因了？」

駱尋完全沒有想到他是這樣的反應，愣了一愣，才說：「是啊，基因很特別。」

葉玠看著手上越纏越緊的藤蔓，好奇地問：「現在怎麼辦？」

駱尋掏出止血劑的噴瓶，遞給葉玠，「它討厭這個，噴上去就會慢慢鬆開。」

葉玠把手伸到駱尋面前，示意她幫他噴。

駱尋唰唰地噴了幾下，尋昭藤果然慢慢鬆開了。葉玠立即抽出手，把行軍包合上，小心地放到一邊。

駱尋看他整隻手都是密密麻麻的血洞，「你的手！」

葉玠自然而然地把手伸給她，「櫃子裡有醫療包。」

駱尋拿出消毒水，幫他消毒，噴上傷口癒合劑，又用止血帶仔細地包好。

葉玠一直含笑看著她，「真希望妳能立即恢復記憶。」

駱尋抬起頭，和葉玠溫柔的目光一觸，立即又低下了頭，「好了，傷好前不要用力。」

葉玠想收回手，卻發現胳膊軟綿綿的，不太聽使喚。他面色驟變，厲聲問：「妳做了什麼？」

駱尋平靜地說：「尋昭藤沒有毒，卻有麻醉效果。」

「尋昭藤？」葉玠滿臉的譏嘲悲傷。

駱尋不知道尋昭藤的麻醉效果能持續多久，不敢浪費時間，出手去奪葉玠的槍。葉玠勉力抵擋了幾招，但頭發暈、四肢發軟，最終還是被駱尋搶了過去。

駱尋用槍抵著他的頭，「帶我去找殷南昭。」

「我不相信妳會殺我！」

駱尋毫不猶豫，立即開槍。

乒一聲，子彈擊穿了葉玠的肩膀。

駱尋冷聲說：「龍心是不會，但我是駱尋。你忘記岩林裡的事了嗎？」

葉玠低頭看著肩頭汩汩湧出的鮮血，面色死寂，眼神哀戚。

✷ ✷ ✷

「龍頭！」

幾個士兵聽到打鬥聲，擔心地衝過來拍門。

沒有聽到葉玠的回應，他們破門而入，看到半邊身子都是血的葉玠，立即拔出槍，對準駱尋。

駱尋背上行軍包，用槍指著葉玠的後頸，高聲呵斥：「退下！」

所有士兵緊張地看著葉玠，葉玠臉色鐵青，一言不發。

乒一聲，駱尋衝著他的左腿，毫不遲疑地又是一槍。

「所有人後退！」一個軍官模樣的人高喊。

所有士兵都退讓到一邊。

駱尋說：「帶我去找殷南昭。」

葉玠不動。

駱尋冷冷地說：「這槍裡還有很多子彈，你想讓我再開幾槍？」

葉玠拖著受傷的腿，一瘸一拐地往前走，駱尋小心翼翼地跟在他身後。

走了沒多遠，葉玠停在一個艙房前，「人在裡面。」

駱尋用槍敲了他的腦袋一下，「打開門！」

葉玠狠狠地盯了駱尋一眼，命令智腦通過身分驗證，打開了密碼門。

渾身血跡斑斑的殷南昭被捆縛在一張和地面固定在一起的金屬椅上，他應該聽到了聲音，正好抬頭看向門口，和駱尋目光相對，立即明白了發生的一切。

駱尋對不遠處那個看著像軍官的人說：「把人解開！還有，他的武器匣！」

軍官看看抵在葉玠腦袋上的槍，只能進去把捆縛殷南昭的鐐銬全部打開，又把收繳走的武器匣還給殷南昭。

殷南昭拿過武器匣時，順手從他身上拿走了一個能量塊安裝到自己的武器上，然後重重一下打在他的後脖子上，將人擊昏。

駱尋求助地看著殷南昭，她真的不知道接下來該怎麼辦了。

殷南昭指著左手邊的走廊，「往前走。」

駱尋押著葉玠走在前面，殷南昭跟在後面斷後。

大概走了五六分鐘，眼前沒有路了。

殷南昭說：「升降梯。」

駱尋推著葉玠走進升降梯，殷南昭按了最底層。升降梯門關閉，把一直尾隨在他們身後的士兵都關在了外面。

葉玠說：「你們逃不掉！」

殷南昭不吭聲。

葉玠看著駱尋，「妳和他，一個是沙漠裡的毒蛇，一個是海洋裡的巨鯊，絕不會有結果！」

駱尋也不吭聲。

✷　✷　✷

叮一聲，升降梯停下。

升降梯門打開，外面是一群拿著槍的士兵，黑壓壓的槍口全部對準他們。

駱尋用槍指著葉玠，呵斥：「全部讓開！」

士兵們心不甘情不願地讓到了兩旁。

駱尋推著葉玠往前走，看到眼前是一個巨大的空間，整整齊齊停著無數架戰機。

殷南昭一眼掃過，挑了架戰機，拿起葉玠身上的通訊器，對戰艦主控室的工作人員下令：「打開戰機起飛艙門。」

正前方的艙門緩緩打開。

殷南昭示意駱尋先上去，等駱尋拽著葉玠爬進戰機，他也翻身躍了上去。

太空作戰機在正常作戰時一般只能坐一個人，容納兩個人已經勉強，三個人完全不可能。

殷南昭說：「放了他吧！」

駱尋立即把葉玠用力推了出去。

葉玠重重摔在地上，大概因為尋昭藤的麻醉效果已經逐漸消散，他竟然一個鯉魚打挺，翻身站了起來。

一個士兵衝過來扶他，被他一把推開。他搶過士兵的武器，想要射殺殷南昭和駱尋。

戰機已經向前滑行，門卻還沒有完全關閉。駱尋身子傾斜，擋在了駕駛戰機的殷南昭身前。

她平靜地看著半邊身子都是血的葉玠，眼睛裡無悲也無驚，似乎這一刻就算被他打死了也無怨無悔。

葉玠哀怒交加、悲痛至極，雙手簌簌直顫，手背上青筋暴起，卻遲遲沒有按下扳機。

機艙門關閉的最後一會兒，他似乎看到了駱尋眼裡抱歉的淚光。可是，他不知道是不是因為他眼裡有淚光，才看花了眼。

＊　＊　＊

戰機從戰艦的艙門疾掠而出，衝進茫茫太空。

駱尋看著浩瀚星空中迅速遠去的戰艦，身子一軟，精疲力竭地閉上了眼睛。

因為失重，眼角的一滴淚沒有沿著臉頰墜下，反而緩緩飛起，飄到了殷南昭面前。悲傷的淚珠懸浮在半空中，像是一粒晶瑩剔透的水晶珠子。

殷南昭吸了口氣，淚滴飄落在唇上。

他舌尖輕抵，將駱尋的苦澀化在了自己口中。然後，像是什麼都沒有發生過一樣，溫和地說：「小尋，龍血兵團追來了，坐好。」

駱尋急忙睜開眼睛，擔心地問：「你的身體……能行嗎？」

駕駛戰機對體能的要求特別高。體能越好，配備的戰機就越強，不管是速度、靈敏度，還是飛翔難度都會越高。這架戰機肯定不如殷南昭的戰機，但是他現在連A級體能都不是，實在不適合駕駛戰機。

「沒問題。氧氣面罩在頭頂，覺得難受就戴上面罩。」

監控螢幕上顯示兩列戰機呈V字形追截過來。

「坐穩！」

殷南昭拉高前衝，駱尋調整呼吸，和身體的難受對抗。

戰機時而拉高，時而俯衝，時而翻轉。

殷南昭操控著一架性能一般的戰機，完全靠著卓絕的駕駛技術，才沒有被對方的戰機鎖定，可是也一直沒有辦法真正甩掉對方。

駱尋頭暈惡心，覺得喘不過氣來，但她一直堅持著不去動用氧氣。戰機上物資稀缺，任何物資都是救命用的，能不用就不用。

突然，她瞪大眼睛，被嚇得連胸悶惡心都忘記了。

無邊無際的茫茫太空中，前方出現了一片連綿起伏的隕石海。

因為恆星的光芒，隕石反射出無數點熒熒微光，映入眼簾，就像是一條緩緩流淌的光海，透著寧靜和美麗。

可實際上，那看似一點點的光芒很可能是一塊比山還巨大的隕石。而那些看不到光芒的隕石，體積雖小卻更可怕，猶如一顆顆高速飛行的炮彈，一不小心就會撞到，把戰機的引擎撞毀，讓戰機偏離航向。

「戴上氧氣面罩！」殷南昭急迫地說。

駱尋不想干擾他的心神，立即聽話地照做。

殷南昭看了她一眼，確認她已經戴上面罩，駕駛戰機衝向隕石海。

監控螢幕上，追在他們後面的戰機放慢了速度，和他們的距離迅速拉遠。

連龍血兵團都望而卻步了，可見他們的逃生之路更像是送死。

駱尋笑了笑，突然說：「殷南昭，我愛你！」

殷南昭淡淡地說：「害怕的話就閉上眼睛。」

駱尋不滿，「喂，你應該說的是另一句話。」

「等飛出隕石海。」

駱尋忽然就心定了，睜大眼睛看著隕石海迅速逼近。

如果會死，以後有的是閉眼睛的時間，絕對不能浪費這最後的睜眼時間；如果能活著，這種一生難得一次的冒險經歷，怎麼能閉上眼睛呢？

進入隕石海的最後一刻，駱尋快若閃電地把氧氣面罩套在了殷南昭的臉上。

嗖一下，戰機閃電般衝進了隕石海。

一塊又一塊巨大的隕石，成群結隊，呼嘯著撲面而來。殷南昭顧不上其他，只能全神貫注地駕駛戰機，爭取盡快飛出隕石海。

隕石密密麻麻、無窮無盡，剛剛閃避開一塊，立即又有一塊撞過來。

殷南昭駕駛戰機，時而高速提升，從兩塊隕石的夾縫中一掠而過；時而左閃右避，全力躲過一群隕石。

突然，一塊冷不丁飛出的小隕石擊打在機身上，戰機航向偏移，撞向一塊高速飛來的大隕石。

殷南昭急速旋轉，以完全不可能的角度，貼著隕石表面掠過……

一次更比一次驚險，每一次都好像馬上就要和死亡相撞，炸得粉身碎骨。

能源在一格格減少，無邊無際的隕石卻像是汪洋大海，似乎永遠都找不到岸邊。

刺耳的警報聲響起，四周紅燈閃爍，發出警告，戰機能源即將耗盡。

殷南昭神情淡定、手勢穩定，就好像只是駕著戰機在隨意兜風。

當最後一格能源都變成了一條細細的紅線時，戰機終於衝出隕石海。

前方出現了一顆藍色的行星。

殷南昭驟然開始劇烈咳嗽，咳得嘴裡全是血，一句話都說不出來。

身體像是被拆散的骨架，完全不聽使喚，他使出全部力氣才把戰機改成了自動駕駛模式。

殷南昭一邊咳嗽，一邊解開安全帶，掙扎著轉身，看到駱尋已經昏迷過去。

他身體打著顫，費力地摘下被鮮血染紅的氧氣面罩，戴到她臉上。

「駱尋，我……愛妳。」

低若無的呢喃聲中，他的身體重重倒下，昏死了過去。

——散落星河的記憶：第二部【竊夢】上卷卷終

散落星河的記憶

第二部 竊夢（上）

茶蘼坊43

作　　者　桐　華

總 編 輯　張瑩瑩
副總編輯　蔡麗真

責任編輯　蔡麗真
協力編輯　黃怡瑗
專業校對　魏秋綢
美術設計　洪素貞 (suzan1009@gmail.com)
封面設計　周家瑤
行銷企畫　林麗紅

社　　長　郭重興
發行人兼出版總監　曾大福
出　　版　野人文化股份有限公司
發　　行　遠足文化事業股份有限公司
地址：231 新北市新店區民權路 108-2 號 9 樓
電話：（02）2218-1417　傳真：（02）8667-1065
電子信箱：service@bookrep.com.tw
網址：www.bookrep.com.tw
郵撥帳號：19504465 遠足文化事業股份有限公司
客服專線：0800-221-029
法律顧問　華洋法律事務所　蘇文生律師
印　　製　成陽印刷股份有限公司
初　　版　2017 年 11 月

歡迎團體訂購，另有優惠，請洽業務部（02）22181417 分機 1124、1135

國家圖書館出版品預行編目 (CIP) 資料

散落星河的記憶 . 第二部 : 竊夢 / 桐華著 . -- 初版 . -- 新北市 : 野人文化出版 : 遠足文化發行 , 2017.11
冊； 公分 . -- (荼蘼坊 ; 43-44)
ISBN 978-986-384-243-9(全套 : 平裝)

857.7　　106020578

散落星河的記憶
第二部【竊夢】

線上讀者回函專用 QR CODE，您的寶貴意見，將是我們進步的最大動力。

野人
野人文化
讀者回函卡

書　名

姓　名　　　　　　　　　　　　　□女　□男　　年齡

地　址

電　話　　　　　　　　　　　　　手機

Email

□同意　□不同意　　收到野人文化新書電子報

學　歷　□國中(含以下)　□高中職　□大專　□研究所以上

職　業　□生產/製造　□金融/商業　□傳播/廣告　□軍警/公務員
□教育/文化　□旅遊/運輸　□醫療/保健　□仲介/服務
□學生　□自由/家管　□其他

◆你從何處知道此書？
□書店：名稱 ____________　□網路：名稱 ____________
□量販店：名稱 ____________　□其他 ____________

◆你以何種方式購買本書？
□誠品書店　□誠品網路書店　□金石堂書店　□金石堂網路書店
□博客來網路書店　□其他 ____________

◆你的閱讀習慣：
□親子教養　□文學　□翻譯小說　□日文小說　□華文小說　□藝術設計
□人文社科　□自然科學　□商業理財　□宗教哲學　□心理勵志
□休閒生活（旅遊、瘦身、美容、園藝等）　□手工藝／DIY　□飲食／食譜
□健康養生　□兩性　□圖文書／漫畫　□其他 ______

◆你對本書的評價：（請填代號，1. 非常滿意　2. 滿意　3. 尚可　4. 待改進）
書名 _____ 封面設計 _____ 版面編排 _____ 印刷 _____ 內容 _____
整體評價 _____

◆你對本書的建議：

野人文化部落格 http://yeren.pixnet.net/blog
野人文化粉絲專頁 http://www.facebook.com/yerenpublish

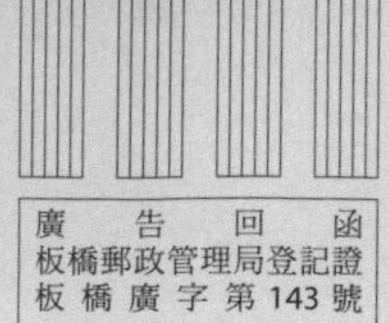

廣　告　回　函
板橋郵政管理局登記證
板 橋 廣 字 第 143 號

郵資已付　免貼郵票

23141
新北市新店區民權路108-2號9樓
野人文化股份有限公司 收

請沿線撕下對折寄回

書號：0N003117